書風八面

姚峥华 著

译林出版社

图书在版编目（CIP）数据

书风八面 / 姚峥华著. —南京：译林出版社，2023.10
ISBN 978-7-5447-9887-7

Ⅰ.①书…　Ⅱ.①姚…　Ⅲ.①散文集－中国－当代
Ⅳ.①I267

中国国家版本馆 CIP 数据核字（2023）第 167735 号

书风八面　姚峥华 / 著

责任编辑　张　黎
书名题字　徐　俊
装帧设计　周伟伟
校　　对　戴小娥
责任印制　闻媛媛

出版发行　译林出版社
地　　址　南京市湖南路 1 号 A 楼
邮　　箱　yilin@yilin.com
网　　址　www.yilin.com
市场热线　025-86633278
排　　版　南京展望文化发展有限公司
印　　刷　徐州绪权印刷有限公司
开　　本　850 毫米 ×1168 毫米　1/32
印　　张　9.875
插　　页　4
版　　次　2023 年 10 月第 1 版
印　　次　2023 年 10 月第 1 次印刷
书　　号　ISBN 978-7-5447-9887-7
定　　价　68.00 元

序言

韦 力

不知从何时开始，社会上流行创新词，因为频率太快，而我等又反应太慢，往往有些词还没让我等搞明白词义，就已然过气了。尽管如此，但我还是囫囵吞枣地记住了一些。比如“无厘头”这个词，其实我至今也没弄明白它的外延与内涵，它就已从新词变成了旧词，不过，我仍然以自己的理解对该词活学活用。

之所以说起“无厘头”，还要从大侠和姚老师说起。不知为什么，每当我想起这对“神雕侠侣”时，脑海里就会浮现出《沙家浜》中的智斗，将二人联想成胡传魁与阿庆嫂。当然这种联想毫无不敬之意，大侠比胡司令聪明万倍，人也玉树临风，姚老师也胜阿庆嫂不知几何。我为什么会有这样的联想呢？我觉得这就是无厘头，更何况天下事无论俗雅，哪有那么多道理可讲。

无厘头算不算捕风捉影式的联想呢？无论是线性思维还是发散思维，总需要事出有因。如果以影响力论，大侠的确像一个司令，因为他爱书入骨髓，并且有着超强的人格魅力，致使各色书人围绕在他的周围。他时不时地将这些书人召集在一起，共话巴山书语，不知今夕何夕，快何如哉！我有幸参加过几次大侠组织的书话会，在那里胡天海地地乱吹，有着老鼠掉进米缸的陶醉。物欲横流之时，还能有这么一大帮餐风饮露之人，何其难得。

印象中每次聚会时，姚老师都静默地坐在一旁，静静地听着这些人侃天侃地，基本不说话。她一直保持着礼貌的微笑，脸上也显现出认真倾听的神态，但她以自己的细腻以及超强的记忆力，有如扫描般地记录下了每个人的言语和神态，过不了多久，一篇妙文就在圈内流传。文中写到之人，起初矢口否认说过那样的言语，当时在场的朋友却互相证实："你确实说了这样的话，并且现场说的比文中写的要多得多！姚老师替你遮了不少丑。"于是被写的人哈哈一笑，将那些都归为酒话。

也许正是这个缘故，让我有了无厘头的联想，把她附会成了阿庆嫂。姚老师不开茶馆，但她将大侠的书局当成书馆，难得的是她还能近墨而不黑。她不像那帮爱书人见到好书就垂下三尺之涎，能让她产生兴趣的是书人而不是书，她喜欢听一个个爱书人讲述自己的过往。藏书如逆旅，我亦是吹书人，在姚老师的循循善诱下，我无法做出古井无波的高深状，以己度人，想来其他书人也没抵挡住姚老师的诱哄，道出了许多埋藏在心里的故事。

从这个角度来说，这些讲故事的书人进入姚老师的书馆，称得上是来的都是客，全凭嘴一张，所言无非书事，尽入峥华文中。可见，大侠垒起七星灶，烈酒待书人，姚老师却能做到热闹是他们的，我过后再思量。再加上她勤奋超常，没多久就能凑成一本专集，这种本领正应了参谋长刁德一的唱词："这个女人不寻常。"

自出版《书人·书事》后，姚老师一发不可收地连续出了多部专著，每部书都讲到多位书友的故事，这些故事越讲越细，涵盖了书界的秘辛、书人的八卦、书史与掌故。一言以蔽之，她将当代书事囊括其中，这些书为书界留下了第一手的史料，同时又满足了读者们的窥私癖。姚老师把她的公众号称为"姚言"，我觉得更可谓：莫道姚文篇篇载，此是书人心底花。

大概是从第四辑开始，姚老师的专著书名改为以谐音为序：《书人肆记》《书为人伍》《书人陆离》等，而今已排到《书风八面》，可见她在起书名上的用心。如此做法，也最懂爱书人凑系列求全套之心。我有幸在此书面世之前先睹为快，而书中人物半属故交，从书稿中知道了不少此前未曾听闻过的故事，有机会与这些朋友见面时会增添不少有趣的话题。也由此，让我期待着姚老师的“书人”系列保持当下的高速度一直写下去。

2022 年 9 月 18 日

目录

第一面 玄天

第二面 欧碧

第三面 月白

第四面 窃丹

第五面 天缥

第六面 绿沉

第七面 翠涛

第八面 缥黄

第一面

玄天

❶

这爷俩的情分

沈昌文之于俞晓群，是师父之于徒弟。这爷俩的情分，在时间跨度上是胡适罗尔纲“五年记”的倍数，记起来得有三十多年。胡适对罗尔纲治学的影响，让罗尔纲受益一生；沈公对俞晓群的言传身教，影响至今，山高水长。

上世纪四十年代有一本书《师门辱教记》，是历史学家罗尔纲回顾他在恩师胡适身边工作并学习的五年见闻和心得。书初版印数极少，后胡适于1958年自费印行，书名改为《师门五年记》，作为赠予友朋的礼物。据说当年索书者多，胡适去世前还将书送与吴健雄等四位到台北参加会议的科学家。书中师徒“不苟且”之情意，羡煞一众学人雅士。

看到眼前《两半斋随笔》《沈公序我》一绿一紫两册精美小书，我便想到《师门五年记》。

作者俞晓群自供："二十几年前，强拉硬拽，磕头作揖，拜沈公为师，他老人家有酒有菜，半推半就，好歹算是答应了下来。从此做事、写文章，不管沈公心情如何，愿不愿意听，看不看得上眼，都早请示、晚汇报。"

沈昌文之于俞晓群，是师父之于徒弟。这爷俩的情分，在时间跨度上是胡适罗尔纲"五年记"的倍数，记起来得有三十多年。胡适对罗尔纲治学的影响，让罗尔纲受益一生；沈公对俞晓群的言传身教，影响至今，山高水长。掐指可以追溯到上世纪八十年代《读书》杂志时代，从俞晓群所在的辽宁教育出版集团为杂志的广告金主，俞晓群本人为《读书》和三联的作者。直至沈昌文九十年代中期退休，重出江湖与俞晓群、陆灏联手编杂志《万象》，出版"新世纪万有文库"……一系列惊天动地大手笔震动出版界，成就了沈公从"耳顺"到"古稀"的出版"黄金时期"，也让书界对这三驾"马车"（沈、俞、陆）心寄厚望。再直落至俞晓群离开辽宁教育出版社，落户北京海豚出版社，将少儿出版"成长"为国内响当当人文大品牌。再直落至 2017 年底俞晓群退休，另起风帆与王强、陆灏创立"草鹭文化"，低调行事，高端翱翔。

出版的辉煌自不必提，这里讲俞晓群自己的写作。自 2003 年至 2019 年，他进入创作的高峰期，算起来出版了十多部书，而沈公作序有十三篇之多。“每次奉上我的新编书稿，沈公高兴时会说，好看，小子未来可期。我赶紧回应说，那就请您老人家写个序吧，锦上添花。沈公觉得不太入目时会说，你写得太深奥了，我看不懂呵。我赶紧回应说，那就请您老人家写个序吧，指点迷津。”

要么添花要么点拨，总之，每次都有说法。“就这样软硬兼施，半生半世，如云飘过。”俞晓群说十三篇序恰似十三颗珍珠，让他一生珍视。

回想起来，沈公确实很“吃”俞晓群那一套，当年他戏称自己“八〇后”，要听“五〇后”俞老板指挥。有实例为证，某次媒体采访沈公，问起某句话，沈公一脸茫然，我没有说过呵。记者讲，俞晓群说是您说的。沈公于是小孩子认错似的，噢，那就是我说了。俞晓群悄悄跟我们说，真是太好了，很多问题便迎刃而解。

听指挥的例子还有很多。每次大侠和我到北京，老大哥俞晓群总是设宴招待，席间你会惊喜地看到座上宾沈公。老人家被“安排”正中落座。他以耳背为由头，埋头品鲜，不理左右。但凡说到他感兴趣的，哪怕我们声音再小，他却立马一口接住，挥洒开去。难怪熟识的朋友说，沈公的听与说总是有选择的。也因此，每顿饭都吃成掌故大会，热闹非常。

此次《两半斋随笔》是俞晓群一组点评人与书的文章，包括张元济、邹韬奋、丰子恺、叶君健、陈翰伯、陈原、李学勤、许渊冲、黄永玉、沈昌文、谢其章、张冠生、江晓原、王强、冷冰川、周立民。我有幸忝列末端，无比荣光。

俞晓群对书名“两半斋”特地做了说明：它来自三十多年中，身处出版界阅读生活的状态。工作时看书，回家还是看书。存书也是办公室一半，家里一半……所以几次写文章，开玩笑说书斋名字叫作“两半斋”，家中一半，单位一半。直到 2017 年 10 月初退休，与一些志趣相同的人联手，组成新体制、新结构、新创意、新团队，“两半”的读书生活又以另一种方式延续下去。所以，最终确定用“两半斋随笔”，有留念、纪念的意味，还有其他别的意味。

伴随《两半斋随笔》的，是一本别册。书封没有书名，书扉页一行黑体字“沈公序我”。书的末尾一页注明：此别册为非卖品。

俞晓群说，沈公为他作序的这十几年间，年龄已经由七十几岁到现在的渐至九十高龄，文章由长渐渐变短，文字由涌动渐渐变平缓，但文中的思想愈发深刻，情感愈发浓烈。他感念沈公厚爱，于是毕恭毕敬将十三篇序言翻捡出来，自费汇集成册，作为赠品，奉献给读者。

我依次将十三篇序罗列了一下：《出于爱的不爱和不爱的爱——〈人书情未了〉序》《数术家俞晓群——〈数与数术札记〉跋》《我的黄金时期——〈这一代的书香〉序》《有思想的出版家——〈前辈〉序》《知心的人 称心的书——〈蓬蒿人书语〉序》《穿帮的愉悦——〈那一张旧书单〉序》《文化囧——〈可爱的文化人〉序》《粗犷的废话——〈精细集〉序》《能量来自辛勤——〈一个人的出版史〉序》《一个三〇后的想法——〈我读故我在〉序》《三栖达人俞晓群——〈杖乡集〉序》《一个边疆壮汉的内陆开发记——〈书香故人来〉序》《巨大的另一半——〈两半斋随笔〉序》。

有书有人有事，有出版有专业有掌故，有细节有心情……由这个路径可以看到俞晓群的写作面向、关注领域和个人发展历程。沈公则由己及人及书及其他，序文有长有短，意味有浅有深。貌似评文，实则论人。其中少不了表扬，“批评”也时而有之。在《这一代的书香》序中，沈公指出俞晓群的缺点——这位研究中国“数术”问题的专家，实在不大会熟娴地在出版工作的斗场中运用传统的“术”，因而他比较容易为人所乘，所算计。中国官场，特别是文化官场之“术”，我们也不必细说。好在俞兄也志不在此，那就不去管它了。而在另一篇《前辈》的序中，沈公更是借胡愈之写给孙起孟的信落笔：不要怕。他说对于出版界先烈的事业，要先学他们的思想，再勇敢地实行，不要怕。

从上世纪八十年代到二十一世纪的今天，在出版事业上真没有见到俞晓群什么时候“怕”过。他以自己的人文情怀，犀利眼光，价值判断和坚定信念，做想做的事，出想出的书，昂自己的头，走自己的路。

我们都喊他大哥。“大哥”二字，对我来说，比俞总俞社俞老板，更有分量。在我刚迈入书人系列写作时，是他出版《书人小记》让我登上了更高的台阶，看到更广阔的天地。在我对写作心生疑惑时，是他挥序鼓励我写“真性文章”，继续前行不要停。在我的新书一次一次发布时，是他义气地挺身站台挥汗鼓与呼……像是大风大浪中的定海神针，波涛再汹涌，他的出现和在场，总给你力量——“不要怕”。

不管是在北京，在香港，在深圳，在长沙，在上海……每一次相聚，话总也讲不完。2019 年沈公生日宴之后，大侠和我要赶赴机场，俞晓群走过来与大侠紧紧拥抱，眼里那份不舍，差点让我掉下眼泪。什么是亲人，大致如此。

此次《沈公序我》自费出版，又让我湿了眼眶。什么是情义，唯有如此。

罗尔纲晚年忆及胡适，增写了一些篇章出版《师门五年记胡适琐记》。对江冬秀和胡思杜作了一些细节的提供，澄清了外界的猜测和评判，情感上是百分之百的维护。俞晓群时至今日也常常扒沈公的“糗事”，某天沈公威胁他：“晓群，好好活着，不然等到你一百二十岁，你离开了这个世界，我还会为你的追悼会致辞。”好好活，不要怕，便是沈公一路由学徒到师父的人生信条。

“糗事”无异于江湖秘籍。在俞晓群眼里，沈公是一个客观存在，你超不超越他，他就在那里。对沈公，俞晓群除了百分之一千的维护，还有百分之一千的深情。

《两半斋随笔》要出版了，师父序之《巨大的另一半》，咋讲呢？沈公说自己对正规上班时间以外的另一半，始终深怀敬意。俞晓群是个典型的“巨大的另一半”的奉行者。这本书便是证明，是一部中国近现代出版思想演进史。“以这样的成就完成他的人生的‘另一半’，可以说是‘奇迹’了。”

书中有沈公熟悉的人的故事，如陈原。也有他不熟悉的，“在这本书里讲的种种出版界大人物的光辉事迹中，我很爱看的是一位‘雪呆子’女士（即姚峥华）的故事。我很希望，俞老弟下一本大著请这位‘雪呆子’来写序。”

沈公米寿暨《沈公八八》首发，与沈公过往甚密的师友沪上喜聚一堂。我自认为被沈序点过名，便自来熟地上报家门：

“沈公，我就是雪呆子，您书序中提到的雪呆子。”沈公岿然不动，埋头自顾自写下：沈昌文。此时傅杰老师走来，呈上小纸条，写明“傅杰”，求沈公签名。沈公一看立即抬头，高呼：“噢，傅杰来了。”

（本文写于 2020 年《两半斋随笔》出版时，
沈公于 2021 年 1 月驾鹤西去。）

要和这难弄的家伙不分离，就是写他、写他、写他

木心是一个改变陈丹青人生的人。这一点谁都不能否认。陈丹青更是文章里口头上都说：“他使我渐渐洗掉一点野蛮的根性，使我明白作文说话的分寸，虽然我至今还是一个知青年代的粗坯，但假如不认识他，不堪设想。”

（一）

木心一直撺掇陈丹青写他，说你看高尔基写托尔斯泰，写契诃夫，写得多好。

但陈丹青“一路狠心，不曾写他，直到他死了”，因为他不是木心。

木心写木心，木心也不会满意。这个陈丹青太清楚了。

从 1982 年相遇相识，到 2011 年木心去世。三十年的情谊，足以让陈丹青了解木心是一个什么样的人。

他俩的关系，用陈丹青的话讲，亦师亦友，还有“亦师亦友”之外更复杂的情愫。我理解为父母之外的亲人。父母给的是肉体之躯，木心给的是精神之躯。

木心是一个改变陈丹青人生的人。这一点谁都不能否认。陈丹青更是文章里口头上都说：“他使我渐渐洗掉一点野蛮的根性，使我明白作文说话的分寸，虽然我至今还是一个知青年代的粗坯，但假如不认识他，不堪设想。”

陈丹青是个很难搞的人，近七十岁了都目光炯炯凛然不可侵犯，遑论年轻气盛时。刚认识那年，木心对陈丹青说：“你画到这个程度，蛮好。但是差远了，你要走伟大的路。”

什么是伟大的路？陈丹青暗笑，心里却有点怕。具体怕什么，他不知道。总之，有一语点醒梦中人的感觉。

十多年过去，一天木心怃然直视陈丹青，说：“你呢，晓得好歹，可是你这个人，伟大不起来。”

陈丹青又一悚。

似乎总有一双眼睛能把他看穿。陈丹青及时收敛了一下，他耳旁总响着木心的话：“你有得苦来，你是在打工。”

许多年后陈丹青画了十五米长的联作，这下很是得意。他请木心到画室看，木心静静地说：“你好比做了一大桌子菜，味道没有出来。”

虽在意料之中，但木心讲出，陈丹青还是一凛。

木心的话像一束束光，陈丹青屡屡“沮丧被唤醒”，然后不断地被改变。

这一束束光，给了他“庞大的立场，还有无数细微的立场”。比如，木心说，以后你们出去见名人，要见其人，不要见其名。现在世道正好相反。又比如，木心说，你要在我的书里找人生观，找不到的。

木心说的还有很多很多，在陈丹青的文章里，在《文学回忆录》里，在他的小说里。

凡是教导的、励志的、格言式的话语，他不讲。凡有目的性的话语和事情，他都不感兴趣，而且警惕。

在他身上，看不出身份、标志、年龄。他是个老牌个人主义者，生来不喜欢“群众”，也不和“我们这个文坛”对话。

你可以说，他一辈子不合时宜，当然，时宜也不合他。

陈丹青知道木心对他的失望，也知道正是木心对他的看重，才有对他的失望。

“跟他厮混太久了，很难理清他对我的影响。”但影响是根深蒂固无处不在的，陈丹青每次读木心，“他会给你点亮一个小时”。木心对陈丹青，就有这个魔力。

（二）

很多人折服于陈丹青对木心的款款深情，说他俩其实是互相成全。

也对。

没有陈丹青的强势协助、推动、宣传，亲力亲为各种介入，木心的作品未必在大陆一再出版，出版以后未必被读者所发现，木心未必回到乌镇故里终老，木心纪念馆美术馆也未必顺利建成并开放……

陈丹青完成了一件比“孝”更宏大的事。不是私事，而是公事。

但再宏大的理想和愿望，也离不开生老病死具体而微的生活琐事。人之为人，也是凡夫俗子。

当木心在美国迈入老弱之境，陈丹青像哥哥，领他做很多事，移民局办手续、交税、租房子、买东西，见证了绚烂到枯败的过程。“近年，说实话吧，先生已难得惹我兴致勃然。谈锋，语笑，都还在的，但如所有老人，便是木心，也终于再四说起我早听过的人名、警句、逸谈——上世纪三十年代他的母亲如何率领街坊扑灭大火的故事，与我说起过六七回——我大笑，或表惊异。先生似乎着即看出我的佯装，随之报以狡黠的、我所经年熟悉的轻笑，与我对视，在对视的一瞬，交换了彼此的宽谅——但愿我没会错意吧——稍稍静默后，于是起别的话头。”

木心是坚定的唯美者，一定要收拾得齐整利索才肯出现在人前，面对不可逆的衰老窘态，岂能不感尴尬。

1994 年，一众好心友人，协助木心完成了英国行。陈丹青注意到，木心悄悄备齐他力所能及的行头：正装、便装、礼帽、便帽，还亲手修改了一件浅白色细麻布背心。他要体面，如昔年绅士般。

从英伦回来后，朋友们又好心地准备安排他去法国、西班牙、奥地利、俄罗斯，每次他都表现出极大的兴趣，可临到订机票，又说：“弗去了。”

是他真的不想去吗？

陪同去英国的陈丹青回忆，在离英的前一天，木心取了钱，到商店里买了白金戒指和衬衫袖扣。戒指留给他自己，袖扣送给了陈丹青。

一枚戒指，像深扎土里的树根，让陈丹青窥见文明传统下人的宿命。1994 年，木心悄然回到故乡乌镇，他伤感地写下《乌镇》：“在习惯的概念中，‘故乡’，就是‘最熟识的地方’，而目前我只知地名，对的，方言，没变，此外，一无是处……”陈丹青动念，以陈向宏为主的一帮人开始行动。

2006年陈丹青扶木心走进乌镇，在晚晴小筑住下后，如释重负，“有谁对愈见老迈迟缓的人，年年月月不嫌烦？与木心相交的种种难为、积虑、不好办，唯有我知情。这一路为他操心办杂事，虽是情愿，到底是吃力的”。

“从此他身边有人照应了，我可以远远歇一歇：此后我很少很少去电话、去看他。实话说，我并不如外界所知，对先生那般的好。”他以为，木心与乌镇可以天长地久一生一世。

在乌镇，木心身边有小杨小代两个小伙子，尽心陪护。日常起居里，身体再不适，木心也向例关起门收拾妥当，才出来示人。他不愿意别人看到不堪的一面。

最后躺倒病床上，认出是陈丹青后，木心难为情地憨笑着，“这次祸闯得大来。”

陈丹青摸摸他的脑袋，孤立无助的木心此刻像是他的孩子。

（三）

木心从小要当画家，学林风眠，归顺已知的绘画。

但看他的小画，用陈丹青的话讲，是凝视“水渍”。因凝视而变为无数“错觉”。这些错觉，再加上情感成分，便是我们所欣赏的木心的艺术。

木心写作，搞文学，修改、丢弃、重写……不为出版，不为读者。五六十本笔记本落笔矜矜，像他一贯讲究衣物用具。

他的《文学回忆录》，依陈丹青解读，价值即在“私房”——谈那么多古今妙人，把他自己也讲了出来。何谓文学，何谓文章，何谓用字与用词，其实是木心自己的文学回忆录。

2006年，木心作品简体版在国内面世。之后“零星的美誉、好意、热心话，夹杂着各种酸话、冷话、风凉话”，让终生无闻的木心暮年始得“泛泛浮名”。

陈丹青知道木心渴望声誉，但不肯阿世。“他的不安与自守，盖出于此。”所以，他不再周游列国，回到故里他也“不会再来《乌镇》”。

风凉话之类的，陈丹青认为自己受之无妨，但冲着木心就不行，“他开罪了谁？”。

那晚下了飞机直奔殡仪馆，陈丹青看到玻璃罩内的木心遗容——没戴假牙的嘴瘪了下去，未剃除的胡须仍挂在下巴，一顶帽子不安地扣在颅顶，还有一床鲜黄艳红的丝绸绣被覆盖着……不由得骤然发怒，咆哮，“不可以这样子”“先生一辈子不肯随俗呵”！

他写讣告想悼词选追思音乐，巴赫《十二平均律》、萨缪尔·巴伯的慢板、莫扎特《安魂曲》，铺开宣纸用毛笔抄写先生自撰的联，吩咐买鲜花连夜扎成花圈铺满灵堂……

木心想要什么，哪怕是身后之事，陈丹青再明白不过。老派、体面，是木心这辈子的尊严。谁都不能冒犯。

陈丹青记起木心临终前那段日子里，曾对他说："以后你出去讲演，戴上衬衫袖扣（即他在英国买的那个），把手举起来，让人看见，就说我送你的。"

想来，那是一种托嘱，一种诀别。此时，陈丹青唯有哀号。

葬礼毕，回京翌日，没有片刻的迟疑，陈丹青开始——写木心。

要知道，木心的两极和多面，木心的苦衷和任性，好难写。

"不是我自信有了写他的本领，而是眼看他死在那里，从此阴阳两隔。我忽然明白：要和这难弄的家伙不分离，只剩一条路，就是，持续写他。"

倏忽八年过去。

上世纪九十年代陈丹青给一家音乐刊物写稿，找木心想笔名，说，我母姓是"张"。木心起了"张嵚"二字。"嵚"指山路崎岖。陈丹青很喜欢，认为雅极了。

这本集子，便有了《张嵚与木心》（中国美术学院出版社2019年8月）这个书名。张嵚是第一次露面，与木心并列在了一起。

他俩的通信里，一段情事浮出水面

> 我发现了萧乾在我的家乡汕头，竟有一段刻骨铭心的初恋情缘。

萧乾是著名战地记者、作家、翻译家，出版了多部影响深远的著作。他和夫人文洁若老师翻译的《尤利西斯》几十年来常销不断。

关于他的婚恋故事，也曾被多方写及并传播。在新近出版的《萧乾致李辉信札》(萧乾著，李辉编，浙江人民美术出版社 2020 年 1 月）中，我发现了萧乾在我的家乡汕头，竟有一段刻骨铭心的初恋情缘。

早在上世纪三十年代中期，萧乾应巴金、靳以的邀请，在文化生活出版社的《文丛》杂志上发表了《梦之谷》这部自传体小说。但最初动笔时，萧乾只是想以散文的形式来追忆当年的感情之旅，并没有准备写成一部小说。李辉说，这应算是萧乾的第一部小说。是他文学生涯的开始。

那么，萧乾的“梦之谷”是哪里呢？

我们要回溯到 1929 年，十八九岁的萧乾在北京因参加学运受到校方打击，为逃难，由他的同学赵澄带到汕头。面对广阔无边的大海，萧乾感到自己就像一叶没有根的浮萍。于是他将自己的名字改成了若萍。

在赵澄的引领下，萧乾在汕头找到了一份工作，在礐石中学当国语教员。在信中他根据汕头人的方言读音将它写成角石中学，而这所学校如今是广东省重点中学金山中学，培养了很多国家栋梁。

萧乾当年曾在一些纸片上记下他生活中的感想和片段，分订成册。其中有一册《痕迹》留存了下来。二十世纪八十年代，他把《痕迹》送给李辉。在《萧乾致李辉信札》中，《痕迹》手稿首次影印呈现。小纸片上，清晰可见萧乾写的《同姓》《夜行》《爱情的杯》等多篇爱情记录。他在信中对李辉说：“当时我已和班上与我同龄同姓的学生萧曙雯谈起了一开始就遇到波折的恋爱。”

据说，汕头长大的萧曙雯能说流利的普通话。她是八旗子弟的后代，祖父是从北方迁去的绿营军人。她从小没有了母亲，父亲续弦后她就成了“受气包”。正是在这种情况下，她与萧乾之间产生了同病相怜的感情。1930 年 7 月萧乾要回北京上学，萧曙雯也要转学师范，于是两人暂时离别。回到北京，萧乾如愿考入了燕京大学国文专修班，他写信给萧曙雯，却不见回音。

具体情况是什么样的呢？

这里出现了两个版本。李辉说，萧乾在回忆录中写道，他当时害怕恶势力对他们爱情的干预，因为有一个有钱有势的校董看中了萧曙雯，对他有所威胁，他便匆匆离去。后来天涯茫茫，一段初恋时光便消逝了。

据另一位作者黄道京在文章《作家萧乾的爱情与婚姻》中写道，萧曙雯由于家贫，小学毕业后就失学了，她是在一个小学校长资助下上的中学。但那个校长想要霸占萧曙雯。萧乾回北京后，这个校长不准萧曙雯与萧乾通信。万般无奈的萧乾只得丢下学业，借钱乘船返回汕头。他在一所乡下小学里找到了萧曙雯，两人决定远走高飞，闯荡南洋。可到了上船的那天，萧曙雯没有如约前来，只留下了一封诀别的信。

事隔多年之后，萧乾在《梦之谷》中详细地描绘了这段充满了浪漫和悲剧色彩的爱情故事。在小说的结尾，萧曙雯被写成了一个软弱、负情的女人。

然而黄道京说事情的真相是，那个校长知道了萧曙雯要和萧乾一道出走，威胁说要雇人干掉萧乾。当萧曙雯看到四个恶棍身上别着手枪守在码头时，只能含泪看着萧乾乘船远去。

究竟哪个版本更为真实，现在考证已经没有意义了。

上世纪八十年代，萧乾和文洁若重返汕头。有人告诉他，萧曙雯还活着，但生活处境艰难。萧乾没有去看她，或许他不想破坏早年留下的美好印象。文洁若则以记者的身份，与萧曙雯接触。担任小学老师多年的萧曙雯，住在一间阴暗的小屋里。她于 1957 年被打成右派，“文革”后虽被摘帽，但生活条件一直没有得到改善。回到北京后，文洁若写了文章刊登在报纸上为萧曙雯的处境呼吁。

李辉则在 2001 年到达汕头，他参观了萧乾当年任教的礐石中学，还拜访了八十八岁的萧曙雯。此时萧曙雯与六十多岁的儿子共住在一室一厅的房子里，儿子是家庭医生。萧曙雯对李辉说，自己的名字从来没有更改过。

在李辉眼里，萧曙雯精瘦个小，声音高亢，透着刚强与果断，看上去比实际年龄要年轻很多。她每天到公园打两套太极拳，还坚持画画。谈及萧乾，她并不回避，只淡淡地说“他胆子小”，语气中透着不满。对萧乾所写的《梦之谷》，萧曙雯说当年发表后，有朋友从上海寄来，她看过这一篇文章。那一番七十年前的情事，于她已不起波澜，她没有表现出特别的关注。

在《萧乾致李辉信札》中，有一封信萧乾写于 1987 年 12 月 20 日，他对李辉说，你书中写了不少雯，似应送她一册。住址是，广东汕头新兴路小学。

1999 年，萧乾去世。

如今又过了二十年，萧曙雯应已不在了。

他与她：三十三年不是梦

因了陈子善，张爱玲立体多面的文学形象为世人更为知晓。特立独行、从不欠“人情”的祖师奶奶如果在天有灵，会对这位忠贞不渝的研究者说点什么呢？

1987 年至 2020 年，三十三年。

是的，三分之一个世纪。

对陈子善来说，时光如白驹过隙，一晃而过。转眼，到了张爱玲百年诞辰。

那个发现《小艾》、以打捞现代文学名家集外佚作闻名的三十九岁青年文史学者，如今已年过七十。张爱玲的话题还在继续，“打捞”也在继续。

因了陈子善，张爱玲立体多面的文学形象为世人更为知晓。

特立独行、从不欠“人情”的祖师奶奶如果在天有灵，会对这位忠贞不渝的研究者说点什么呢？

不管答案如何，我想，张爱玲的粉丝们，会衷心地对陈子善说一句：谢谢。

（一）张爱玲因《小艾》知道陈子善

说到陈子善与张爱玲的缘起，可以确凿无疑地追溯到一篇文章——《小艾》。

时间往前推到 1986 年，张爱玲的作品刚刚在国内重印，陈子善一看，有耳目一新之感，感觉与新文学运动以来很多小说家的风格不同。1987 年他在做周作人研究时，无意中发现了 1951 年上海《亦报》连载的《小艾》，署名梁京。文史研究的敏锐让他认定这是上世纪五十年代初张爱玲发表的一个中篇小说，于是交与香港《明报月刊》发表，引起文学界大的反响。

当时陈子善想，既然发现这么一篇，是不是还有更多？1949 年之前张爱玲发表过的作品，应该有很多没收进张爱玲的文集中。

陈子善开始进入这个领域，把张爱玲作为他的一个主要研究方向。

其实，他当时不知道，《小艾》公之于众时，远在美国的张爱玲已经看到了，她写信给在香港的好友宋淇（宋以朗编《张爱玲私语录》收入此信），并展开讨论：这个陈子善是什么人？

陈子善后来得知，张爱玲对自己这个作品是不满意的，或是在当时那个语境下，她不愿意重印。

（二）陈子善“发现”张爱玲几种“第一”

1991 年至 1992 年，台湾影视公司到上海拍一部关于张爱玲的文献片，陈子善也是参与者之一，他们到上海档案馆查资料。在里边，陈子善发现了 1932 年的学校校刊《凤藻》。

张爱玲于 1931 年就读于上海圣玛利亚女校，该校原址地处上海长宁路 1187 号，即中山公园西南侧，但 2005 年后被拆除，现成了长宁来福士广场。据说当年这所女子贵族教会学校招生的对象多为中上等家庭的女子，旧上海滩的很多名媛、影星都出自这所学校。张爱玲 1932 年在圣玛利亚女校校刊《凤藻》上发表了第一篇小说《不幸的她》，着力描写中学女生的心理活动。这一年她才十二岁。

上世纪九十年代初上海档案馆规定读者于馆内可以阅览，但不能借出复印。因篇幅不长，陈子善便将此小说逐字逐句抄了下来，等他抄完后，影视公司也正好拍完节目。

好玩的是，另一本同期《凤藻》竟漂流到香港，被香港收藏家，也是另一位张爱玲研究者吴邦谋在网上发现并收入囊中。2020 年香港商务印书馆出版吴邦谋的作品《寻觅张爱玲》，里边就收有他的一系列藏品：刊载张爱玲《不幸的她》的海外孤本《凤藻》；张爱玲在香港写的于《西风》杂志征文比赛获奖的《天才梦》；电影《不了情》试映戏票；等等。

陈子善说，其实在《凤藻》中还有一篇张爱玲的英文散文，为吴邦谋所发现。如果说《不幸的她》是张爱玲的第一篇小说，那么 1932 年《凤藻》上的这篇小品《校鼠派对》则是张爱玲发表的第一篇英文作品。

除了以上两个“第一”外，张爱玲的第一篇翻译作品，则是海明威的《老人与海》。陈子善根据宋淇 1991 年致皇冠编辑的信，理清了张爱玲为何翻译《老人与海》：张爱玲于 1952 年“在香港报纸上看到《老人与海》征求译者的广告，投书应聘，被宋淇慧眼相中，于‘不计其数’的应聘者中脱颖而出，这当然也与张爱玲 1940 年代在上海文坛走红有关”。

这个译本署名译者“范思平”，香港中一出版社 1952 年 12 月初版。为何“范思平”就是张爱玲？陈子善循迹追踪：香港中一出版社 1955 年 5 月三版，译者署名“张爱玲”。香港今日世界社 1972 年 1 月初版，译者署名“张爱玲”。

由此陈子善考证出张爱玲 1952 年到香港后，拟入香港大学继续学习未果，应聘翻译了《老人与海》。之后，她还翻译了《爱默森选集》《无头骑士》等作品。在《老人与海》中张爱玲写了译序，评价海明威有“一种紧张状态下的从容”。奇怪的是，尽管译了与海明威有关的作品，张爱玲本人并不喜欢海明威。陈子善说，张爱玲读书时曾从香港坐船到上海，她在文章中写过，在海上很无聊。

张爱玲另一部重要的翻译作品《冰洋四杰》，是美国作家写二战时反法西斯的作品，写美军运输船被德国潜水艇击沉后，四位牧师视死如归的故事。张爱玲当年在香港《中南日报》连载过此部翻译小说，陈子善曾收有几份报纸，看过其中的部分章节。目前只能倒推出连载的开始时间，却不知连载何时结束的。这一部作品有待于进一步挖掘。

张爱玲 1955 年离开香港赴美。到美国后，她用英文写作，作品虽不少，影响却不大，有的还无法出版。其中在 1958 年，她写了一篇英文散文，手稿保存下来了，因年代久远，标题中间有被抹掉的痕迹，只留下《纽英伦……中国》。该文已被收进台湾版的张爱玲全集中，是了解那个年代张爱玲创作的重要文献之一。

另外，还有一份“爱憎表”，是 1937 年张爱玲在圣玛利亚女校毕业时学校发放的调查表，在“学生活动纪录，关于高三”

调查栏上，有“最喜欢吃”“最喜欢”“最怕……”等六个问题让学生作答。1990 年，陈子善发表《雏凤新声——新发现的张爱玲少作》，提到这份调查表。张爱玲写信给宋淇、邝文美夫妇，将这份调查表称为“爱憎表”，并表示将就此写一篇文章，回答这些问题。可惜她最终没有写完，只留下前三个问题的初稿，后三个问题的提纲。此文写进《对照记》中，并收入张爱玲全集中。

此外，张爱玲在画画方面也颇有天赋。陈子善说，早在中学时，她的速写、漫画都显出很高的水平。第一次发表的作品是漫画，在一份英文报上。张爱玲用当时的稿费为自己买了两支口红。但这幅漫画至今还没有找到。

陈子善特意强调，张爱玲的研究爱好者可以着眼于 1952 年至 1955 年张爱玲在香港的文学活动，这段时间空白点甚多。

（三）围绕张爱玲，陈子善所做的事多不胜数

陈子善对张爱玲研究的成果，多不胜数。我想到的大致可分三类。

第一类，编辑张爱玲作品，即“张爱玲的张爱玲”。第二类，对张爱玲研究的整理，包括与张爱玲交往的学人或是研究者的文章及其回忆的编辑收集，即“他们的张爱玲”，如各

种“张爱玲”——《私语张爱玲》《作别张爱玲》《重读张爱玲》《记忆张爱玲》《张爱玲的风气：1949 年前的张爱玲评说》等。第三类是陈子善自己书写的张爱玲，即“陈子善的张爱玲”，如《说不尽的张爱玲》《看张及其他》《研读张爱玲长短录》《沉香谭屑：张爱玲生平与创作考释》《从鲁迅到张爱玲：文学史内外》等。

问陈子善所著的关于张爱玲的文章至今有多少篇，他自己也记不清了。“没统计过。我 2015 年前写的关于张爱玲的各种研究文章都收入《张爱玲丛考》(上、下)一书。2015 年至 2020 年写的则收入《不为人知的张爱玲》一书，即将出版。”

编辑张爱玲的作品有多少种？

“编有张爱玲著作《张爱玲集》(六卷本)、《沉香》两种，还有张爱玲研究资料七种。”

对张爱玲，陈子善有绝对的发言权。

在他眼里，张爱玲受旧小说影响很深，从旧文学中汲取营养，将文学带到一个新的高度。张爱玲同时也关注五四新文学，在某些方面的见解与鲁迅有相通及暗合之处。

张爱玲本人的古典文学造诣很高，如对《红楼梦》的一些见解，连周汝昌都折服，说只有张爱玲堪称曹雪芹知己，张爱玲才是最有资格英译《红楼梦》的人（《师友襟期》，周伦玲整理，北京出版社）。

陈子善说，张爱玲远比我们想象的要复杂和丰富。很多人认为张爱玲以前写的作品都很好，到《小团圆》则无法接受。其实只要仔细阅读，会发现她在后期的追求和表达上有很大的突破。

（四）张爱玲视陈子善为“始作俑者”直至“部分认可”

陈子善无私地把三十多年美好光阴奉献给张爱玲，那么张爱玲生前又是如何评价的呢?

坦白讲，这还真有个过程。

自从上世纪八十年代末《小艾》的“重见天日”让张爱玲记住了“陈子善”这个名字后，陈子善的发掘工作并没有得到作家本人的鼓励。因为他的工作是发掘张爱玲集外的作品，而这样的“发掘”会给作者带来不愉快。

据说，2012 年三四月份，台湾有位学者公布了张爱玲写给皇冠编辑的一封信，其中有几句话：“陈子善想必就是发掘出我毕业那年的《凤藻》校刊的人。”信中还写道：“钱锺书不喜欢人发表他的少作，我感激他说这话。”

尽管如此，陈子善还是坚持自己的方向。他认为，发掘被研究对象不仅不成熟而且长期埋没的少作，是研究工作的应有之义，钱锺书称之为发掘“文墓”。

张爱玲在世时，与她相关的作品出版前，出版社都要写信征求她的意见。张爱玲后来的态度是，你们要发表就发表吧，但她本人是不赞成的。她知道陈子善是“始作俑者”。

不过，让陈子善释怀的是，张爱玲后来对他的发掘还是“部分认可”了。至少有两个依据可以解释——

第一，张爱玲的最后一本书《对照记》出版，其时她的姑父李开弟还健在。因同在上海，陈子善跟李开弟比较熟，便跟他提起，希望得到张爱玲《对照记》的签名本。李开弟爽快地答应了。不久后陈子善收到了从皇冠出版社寄来的书，封皮上面写着“张爱玲女士嘱寄”。“这表示她对我没有什么成见了，愿意送一本书给我。”

第二，陈子善后来搜集到三篇张爱玲的集外文，是她成名后的作品，被收进《对照记》里面。陈子善说：“《对照记》收入这三篇，应是编辑的主意，收入后书可厚一些。她没有反对，否则不会收。”

尽管张爱玲提到过陈子善的名字，知道陈子善几十年来的努力，也签名送过书给陈子善，但他们俩始终没有直接通过信。

2020 年，张爱玲诞辰百年，很多关于张爱玲的书或书信相继出版。各种话题、讲座、纪念活动层出不穷。2020 年 11 月 8 日，陈子善应邀在深圳本来书店做了一场关于张爱玲的主题讲座。胡洪侠主持。

这位被学生毛尖戏称为“张爱玲的男朋友”的兢兢业业的张爱玲研究者，讲起张爱玲，一如既往地严肃、专注、郑重其事。

三十三年，他在张爱玲作品的研究、出版、传播上起了巨大的作用，无人可以相比，无人可以替代。

（注：此文写于 2020 年，标题《三十三年不是梦》，
取自朱天心的《三十三年梦》。）

一种只有他和他才能知晓的痛，无法言说

姜威 2000 年之后的文章，包括他的自印书《情欲色香味》篇目，由大侠稍加整理编辑成《色香味居梦影录》（大象出版社 2018 年），书分为三卷。其中二、三两卷皆为专栏。有缘的是，书加入同是姜威老友的李辉老师主编的“大象副刊文丛”，由大象出版社出版。至此，姜威首本书与末本书，都花落“大象”，像画上一个句号，人生圆满。

2011 年，我们的朋友姜威病逝。留下了一大屋子书，以及散佚各处的文稿。

将文稿收集起来并留存下去，成了挚友胡洪侠责无旁贷的日常功课。

当年为了住一起，我们两家相约从市区搬到郊外，将后院围墙推翻，互通有无。夜深人静你来我往，喝汤喝粥喝茶喝酒，灯火通明的二楼书房，两个夜猫子恣意言欢，不醉不休。姜威以“色香味”自居自诩自嘲，甚至将自己的书房命名为“色香

味居”，自书横额，四下张挂。

人去楼空后，互通的后院，大侠不再迈出一步。灯火熄灭的“色香味居”，成了所有朋友扎根心底的思念。

静寂的日子里，大侠开始翻箱倒柜，埋头在发黄生霉的旧报堆里，一页页翻找，对照，录入。每每喷嚏天响，泪眼汪汪，他总先声夺人：鼻炎犯了！鼻炎犯了！

当然灰尘霉菌诱发了他的鼻炎痼疾，我却半信半疑那个泪珠里有与鼻炎不相干的情愫所在。

文稿就这么一篇篇被结集而来，分门别类，整装待发。

大侠安稳于电脑屏幕前，停停写写。与其说是把四下的文章串成珠子，不如说，在字与字间，篇与篇中，他沉浸于两人自上世纪九十年代初始，相识、相交、相知、相伴、相扶持，一路走来二十多年间情同手足的点滴回想和片段回忆。那是一种只有他和他才能理解与知晓的痛，浸入骨髓，无法言说。

能说的，只有在文字里。大侠对姜威做了一番回顾——

> 我的朋友姜威，即是这浩荡“副刊分子”队伍中的一员。他生于1963年，20世纪80年代在哈尔滨生活时即开始和副刊缠绵，90年代南下深圳，先是在《深圳特区报》《深圳商报》副刊上随谈书人书事，后扎根《深圳商报》副

刊《文化广场》，风中扯旗，开疆拓土，赫然一员猛将。其文长短不拘，庄谐并出，说男道女，忽而为老先生护驾，忽而为新城市代言，常出惊人之语，铸成自家面目。其人交游广阔，南北通吃，尤喜和文化老人交接，与风流才子为伍，随兴开席，呼朋唤友，吟诗诵文，每每通宵达旦。时至2011年，姜威忽染恶疾，一病不起，遐迩惊悼，满城惜别，叹惋哀痛之声，迄今不绝。

此前，姜威出版过两本作品，一本是《老肖像新打量》，是广东人民出版社“老与新丛书”中一种，另外两种由邓康延胡洪侠撰写；一本是大象出版社出版的《一枕书声》。两书收入的都是他2000年之前的文章。病中他又自编自印了一本《情欲色香味》，收文90篇。关于书的来龙去脉，他也留下文字交代清楚：

吾挚友胡洪侠主深圳商报《文化广场》笔政期间，余以近水楼台，举凡扯淡文字，亦得混迹于万象诸大爷之列，俨然亦一爷也。实则余之为文，以玩世始，亦将以不恭终。若无好友徇私，盖难彰乎公器也。上世纪经大侠经手刊发之文字，复由北京彭程兄收入“绿阶读书文丛”，由大象出版社出版，只印五千，卖了十多年，固为友人脸上抹灰也。唯近两年复又经大侠关照，开辟《色香味居》专栏，再扯十多万字咸淡。敝帚自珍，然已无当年死乞白赖之发表欲矣，理为一集，即以自办之“色香味书局”名义，向香港康乐文化署申请统一书号，自印五十部以飨好友。今岁余恶疾缠胸，痛苦不堪，禁酒戒色，更觉生趣枯竭，制作是集，乃稍起佳兴，亦兼得药饵之效也。

我记得刚拿到《情欲色香味》时，捧读之，时揣索引派的八卦心态，在字里行间考据甲乙丙丁姓甚名谁，并窃窃私语。而今，浸染着红巾翠袖的温润文字，生发着衣香鬓影的绮思艳想，只更让人默然神伤涕然落泪。“色香味书局”出品统共五十本，如今已成孤本绝版。

姜威2000年之后的文章，包括他的自印书《情欲色香味》篇目，由大侠稍加整理编辑成《色香味居梦影录》(大象出版社2018年)，书分为三卷。其中二、三两卷皆为专栏。有缘的是，书加入同是姜威老友的李辉老师主编的“大象副刊文丛”，由大象出版社出版。至此，姜威首本书与末本书，都花落“大象”，像画上一个句号，人生圆满。

大侠在书后记中说，这本《色香味居梦影录》，自是姜威痴恋书人情事之梦影，而今我们重读重温，则又在姜威梦影中复见挚友亲朋相与相知之梦影。“写至此处，惊觉笔下已成白日说梦之局，欲举杯一醉，惜对面无人，起身望窗外：山海朦胧，天将黄昏。”

大侠踽踽独行，我不得不感慨，天地间真的有一个词，叫孤单。

十一年了，每当清明或姜威忌日，在南山抱恩墓前，我们总会烧上一炷香，于青山绿水间陪姜威聊聊天（疫情受阻除外）。姜威则一枕书声，永远一副似笑非笑的二傻子模样，歪头咧嘴，任由我们嬉笑怒骂。那些个前尘旧梦，怎么说也说不完呢。

第二面

欧碧

2

那一天，袁伟时老师九十岁生日，我凑齐了三本书

> 这位怀揣理想信念永不退缩的智者、哲人、思想者，向往“赖是生来瘦硬，浑不怕，角吹彻”的铮铮铁骨，心中有痛，有话要说。数十年来，他一以贯之，自由呐喊，心怀希望，光明前行，为一代又一代的年轻学人，搭建一座座自由学术的发展平台，帮他们努力迈向更广阔的未来。

2021 年 12 月 11 日，越众公司的大圆桌旁，小提琴奏响《月亮代表我的心》，蜡烛，香槟，掌声，鲜花，蛋糕……二三十号人济济一堂，围着大寿星唱起生日歌。

这一天是一个大日子，袁伟时老师，九十华诞。

这位怀揣理想信念永不退缩的智者、哲人、思想者，向往“赖是生来瘦硬，浑不怕，角吹彻”的铮铮铁骨，心中有痛，有话要说。数十年来，他一以贯之，自由呐喊，心怀希望，光明前行，为一代又一代的年轻学人，搭建一座座自由学术的发展

平台，帮他们努力迈向更广阔的未来。

袁老师许愿，希望上帝再给他十年，他要做的事还有很多很多，手头就有两本书要写（每本四五十万字，其中一本是《民国大败局》，明年完稿），还有200万字左右的文集要编（在中山大学给本科生教课一年的讲义）。

因了生日，学生们把既往“袁老师课堂”的照片、画像、讲义和留言，在香港熊景明老师带领下选摘编印成了一本《年方九十》纪念册。人手一册。袁老师生日会上的十年愿，让纪念册有了可期可盼的续集《年方一百》。

在这个特别的日子，我有幸在宝珍的帮助下，把袁伟时自印本三部曲集齐。

如果说，2020年12月自印的《风骨·风情·人生》是第一本“袁伟时九十寿辰礼品”，那么其后2021年1月自印的《新文化运动——文献选粹与解读》《晚清大变局》则是“寿辰礼品”之二、之三。

一、《风骨·风情·人生》：张扬个性、拓展呐喊

《风骨·风情·人生》，大16开，硬纸封面，作者处署袁伟时，钤“笑笑斋”细篆阳文椭圆印。

袁老师的书斋以“笑笑”命名，像他所说的“我乐在其中

的是：人健、笔健、抚古、感今、笑己、笑世”。他曾经在一篇文章里写过自己喜欢笑，比如，天天大笑三次，一笑天下可笑之人；二笑自己的成就和失误；三笑有幸生活在多姿多彩的希望与黑暗并存的年代。故“笑笑斋”名副其实，名得其所。

袁老师的笑确实非常招牌非常经典，像电波似密码，传递着良好的信息。

看《风骨·风情·人生》序言，会发现袁老师最早写于2009年：“拨动心弦的是师友的风骨，‘上不臣天子，下不友诸侯’。历代骨鲠之士造就中国文化的凄美。二十世纪下半叶遗风不灭，在石缝中发出烛照灵魂的闪光。”他说，虽不能至，心向往之。这部小书第一次披露他的人生和心路历程，标尺就是师友的风骨。而这本书，也是为了“解答自己的困惑，横比世界，纵问祖先，祛妄袪邪，记下真相，记下感受，深信真话最终会赢取真信”。

十年前，他的关注点落脚于“师友的风骨”。

我们再看书的倒数第二篇文章，是写于2019年1月的《径陡苔青雨夜行》，副题上标明——旧著新书出版后记。袁老师写道：这部小书，十年前已编好，几经风雨，补充若干后来的文章，要付印了，感慨良多。

十年前写好的序，依旧在卷首，时间非常醒目。

在后记中，袁老师一如既往地说他想说的话："天天在校园中徘徊彳亍，举目是云海、绿荫、青苔、弹痕、师辈的故居。历史与现实交织，无奈与奋进的冲动共存。"他说，陈寅恪教授在弱女子柳如是身上看到自由思想、独立精神，浩然正气必然生生不息。古往今来，闪亮的思想和坚忍的风骨是驱赶黑暗与邪恶的希望。此书铭记的正是其中的点点滴滴。

此时，他关注"闪亮的思想和坚忍的风骨"。

时间一下子来到了2020年，岁末，袁老师迎来踏九之际。

于是，有了这么一本大气磅礴、挥斥方遒的纪念品。

这个纪念品，是孩子们的心意。"度过风云变幻的一年，我要进入自己的'90年代'了，各地朋友纷纷关注，小儿和儿媳也老问要什么礼物。我喜爱宁静，书生之交重在思想和学术交流，以书香代酒香，印出此书作为礼品答谢师友，告别自己的'80年代'。"

记得2016年我到中山大学传媒设计学院访学时，袁老师与我们进行了交流。我也有幸几次到笑笑斋拜访请益。袁老师的大儿子大儿媳袁征章深夫妇与他同住一室，关照他的起居日常。小儿子在国外任教。而师母志明老师其时正生病住院。

在这本书中，袁老师感念家庭的圆满幸福。他说："人生快事，莫过于一生问心无愧；儿孙正直、善良，独立自主，凭本事吃饭；彼此友爱、平等相处。我为有这样的后裔为荣。在进入我的 90 年代之际，特别感谢他们细心照顾，让我不必为琐事操心，做自己想做的事。”

区区数言，看似朴素平常，却有千斤分量。背后所蕴含的深意，非亲历及亲近者不能体味。

书中最重头的当数倒数第三篇《欢欣与恐惧交织的人生——记牵手六十多年的老伴邵志明》，该文写于 2017 年师母志明老师脑出血住院期间。袁老师深情地回顾了与老伴一起牵手六十多年的生活点滴。他写道，志明听话了一辈子，1989 年退休，理应在家安度晚年了，但“没想到‘文革’结束二十年后（1995—1996），却爆发了一场家庭危机”。起因是袁老师 1992 年所写的《晚清大变局中的思潮与人物》，而志明老师对袁老师所从事的中国近代史的学术进展并不了解，因而担心。之后到 2006 年，新闻界的一次风波泛起，风暴中心的袁老师睡得香吃得香，藐视嘈杂，但志明老师却震惊万分。到 2016 年，她的“阶级斗争恐惧症又流露了（袁伟时语）”，看袁老师写的“茶香步健，哂观尘变”，认为哂有讥笑的意思，会让人以为对现实不满，说“年纪这么大了，平平安安就好，不要再惹麻烦了”。袁老师无奈地拿出《新华字典》解释，志明老师听完放心了。袁老师写道：“我没给她说的是：知识分子的责任就是用批判的眼光看待一切，我不能缄口不言。”

然而，志明老师还是出现了幻听，“这些都是她内心忧虑和恐惧的流露”。袁老师在文章最后流露了内心的思念之情，“我忍不住流泪了”。

2018 年 11 月袁老师来深圳参加越众的活动，大家相聚一堂。席间，我不敢问起志明老师的情况，怕影响情绪。据知情者说，志明老师还在医院，袁老师年事已高，孩子们不愿让他到医院探视，以免触景伤情。当时，袁老师拿了志明老师写的《邵志明回忆录》，问能否在报纸上刊登。纸媒此时已转型新媒体，没有这样的版面设置，最后未能完成任务。此次这一篇也收入书中，成为倒数的第四篇。这些都收在“人生剪影”里。亲情与道义，在袁老师心里，并不冲突。他爱亲情，更担道义。

这是一份厚重的礼物，我在书一印出后，就收到快递。袁老师题“伟时呈拙”。他说：“这一束文字若有一些可取之处，在于为张扬个性、拓展自由呐喊。”“我默默祝祷：让法治牢固生根。”

二、《晚清大变局》：历史在哪里扭曲，就在哪里突破

在《晚清大变局》第四版的感言中，袁老师说这本书初版于 1992 年，由深圳海天出版社出版，原名为《晚清大变

局中的思潮与人物》，之后两次增订，分别由江西人民出版社（2003 年易名为《帝国落日，晚清大变局》）和香港明报出版社（2006 年书名定为《晚清大变局》）出版。这次第四版增加了他为纪念辛亥革命 100 周年所撰写的《埋葬大清帝国的两道催命符》，列为全书的最后一章。与初版相比，全书字数约增 60%。

之所以写这部书，袁老师说，写作冲动来自试图解答自己的困惑，说服不了自己的话语，绝对无法触动读者。所以，他在 1992 年初版的卷首献词中就写道："史书毫无疑义应该讴歌光明，鞭挞黑暗。可是，如果视角有误、史实不全，春秋史笔也许会化为光怪陆离的哈哈镜。绝不能低估错误的社会思潮对人们心灵禁锢的严重性。"

这本书还附有第二版的后记、繁体字版跋、繁体字增订版序言。每篇内容的思想路径都一以贯之。"要是有人问，你这部书说的是什么。除了说声'请看目录'，我会说，这是一部探寻中国现代化的障碍和历史经验的书；也是以史料为根据说真话、说自己话的书。基本内容，是对洋务运动与清末新政的来龙去脉和有关人物进行冷静考察，并将太平天国和义和团的真相公之于众。贯穿其中的还有对危害近代中国的三害思潮的审视。"

可以说，《晚清大变局》的核心观点是——纵观历史，横看世界，任何国家和地区要从传统向现代转化，有三个主要环节：第一，是自由。从个人的独立自主到社会各领域的自由。第二，以法治为基础的稳定。第三，融入世界。这三点既是现代社会的主要标志，又是传统社会向现代社会转化的基本途径。

袁老师曾在一个网站上开办专栏，挥笔写下开卷语："从世界看中国，说真话，说自己的话。历史在哪里扭曲，就在哪里突破。"

他一直强调："我，一介书生，一生读书、教书、写书，别无长技。要是我的文字有助于中国人识别黑白，我会高兴地说一句，尽了自己的责任。这部书说了与众不同的话，但句句都有根有据。是耶，非耶？让读者和时间去判断吧。"

三、《新文化运动——文献选粹与解读》：解疑释惑最好的途径是直接阅读当时的文献

《新文化运动——文献选粹与解读》，自印于2021年1月广州。

说起这部研究新文化运动的小书的艰辛旅程，2017年袁老师以题为《石头缝中长野草》，写道："从晚清到民国，新文化运动跌宕起伏近二百年，社会转型仍是奋斗目标。研究这个过程的本书伴随五四爱国运动80、85、90和100周年，折腾近

二十年，却似乎走进了看不到出口的盘陀路。”“思想和学术成果锁起来太可惜，近日突发奇想，何不打印若干本，作为征求意见稿，分送友人斧正？于是有了这个私印本。”

早在 2004 年，袁伟时老师就说，新文化运动至今依然是扑朔迷离的怪兽，解疑释惑，最好的途径是直接阅读当时的文献。所以，《新文化运动——文献选粹与解读》呈现的不但是一部严肃的文献选集，还有他近二十万文字，剖析了这个发端于十九世纪三十年代而至今尚未止息的文化大潮，回应了海内外时贤的各种问难。他说，思绪汪洋恣肆，不能自已。书生思虑、愚见、诤言，也许能对观察和思考二十世纪中国之谜有所助益。

2009 年，他为增订版代序写了《厘清新文化运动与五四爱国运动的基本问题——五四运动 90 周年祭》，这一篇此次放在篇首，他认为多元纷争是学术繁荣的征兆和常态，需从多个基本问题入手，才能深化对这两个运动的研究。

《新文化运动——文献选粹与解读》的价值，可以概括为以下几点：1. 从晚清到民国的有关文献闪闪发光，至今仍震撼人心。2. 贯串全书的观点不失为一得之见，也许能启迪人们深思一些关系中国社会转型的根本问题。3. 就这个领域的研究而言，本书回答了有关的问难，维护了新文化运动的基本精神，也不讳言其失误，并记录了颇为有趣的当下动态，可作后人进一步研究的线索和资料。

说到底，袁伟时老师的作品尽是石缝中生长出来的“野草”，它们总是不愿放弃学术的尊严和自由。

三书合璧，厚重得沉甸甸。

当天，因疫情停顿多时的“袁老师课堂”重启。一个下午和一个上午的时间，袁老师从晚清到民国，从辛亥革命到皖南事变，不间断地娓娓而谈，为大家拨开历史的重重迷雾。

台下的我们，听到的不仅是趋真的历史知识，更重要的是一位赤诚历史学家的灼见、识见、洞见。

陈嘉映读本

陈嘉映的作品总是深切地专注于哲学普及和人本主义思考，所以，有人说，在这个信息庞杂、价值多元的时代，陈嘉映是非常重要的一个声音。
我也在缓慢地努力，试图理解“理解了海德格尔理解了维特根斯坦”之后的陈嘉映。

陈嘉映主编主译过一本维特根斯坦文选，叫《维特根斯坦读本》(上海人民出版社 2020 年 7 月)。将维特根斯坦前期思想和后期思想的差异，以及认识世界的独特方式，放在四十个大标题下，以段落连缀呈现。可以想象，这是陈嘉映阅读、理解和研究维特根斯坦过程中了悟最深的部分，是他认为最能代表维特根斯坦思想发展过程的部分，也是他希冀读者能将维特根斯坦晦涩语言读懂的部分。

做编选本，不是谁都可以胜任，选编者必定是某个领域的研究权威。就像钟叔河编周作人作品，陈子善编张爱玲小说，周汝昌“说道”《红楼梦》。陈嘉映1968年下乡插队，开始接触哲学书，从马克思、恩格斯，到黑格尔、康德，一路读到柏拉图、亚里士多德。后考进北大外哲系，跟随熊伟老师读海德格尔。1983年赴美留学。按陈嘉映的哲学图谱，可以看到他先迷上海德格尔，后转向维特根斯坦，对老维的“爱”持续至今。他认为维特根斯坦以最本真的方式继承了源远流长的西方哲学传统，即爱真理的精神。又能拨开纷纷扬扬的浅俗之见，直入问题肯綮，在看似只能各说各话的事情里边道出我们心有所感、口不能言的道理。

在这一番道理上，我倒看到陈嘉映自己的影子。一个人能痴迷另一个人的思想，必定在他处找到回响。所以，陈嘉映对维特根斯坦的发言权，编译《维特根斯坦读本》便是明证。

不过，尽管有权威带路，读者看到的编选本，用思想家托尼·朱特的话讲，是咀嚼过的二手文献。也就是，你接到的球是经二传手递过来的，有了传球者的体温信息。这可以理解为“优中选优”，也可以理解为取舍后的某种“片面”。但如果你对二传手更感兴趣，那倒是一个窥探的绝佳视角——比如，他眼里的维特根斯坦是什么样的，与我的有什么不同。

但这里我不想谈论陈嘉映的维特根斯坦，而是想按《维特根斯坦读本》的方式，谈论哲学家陈嘉映的一本书《走出唯一真理观》(上海文艺出版社 2020 年 5 月)，并“有样学样”，结集出我眼中极其有限的陈嘉映“读本”。

(一)不是让别人明白，而是求自己明白

陈嘉映被称为“中国最可能接近哲学家称呼的人”。许知远在《十三邀》节目中便拿这个做开篇介绍。但这个说法有点奇怪，因为陈嘉映本身就是中国当代著名哲学家。

用“最可能”“接近”这种不确定、有弹性的形容词，是哲学化的表述方式。于中国哲学界而言，他是“最”之一，可数的，绕不过的。一提起陈嘉映这个名字，紧跟着肯定是“哲学”。

哲学家，换个名词，叫哲人。聆听哲人的教诲，接受哲理的启发，自古以来都要“焚香沐浴、戒斋三日”，是极隆重与荣光之事。

但一说起哲学，很多人会认为是个挺玄乎的事儿，它似乎空无一物，又似乎囊括宇宙。让你不断思考，却无法给你一个看得见摸得着的准确答案。

拿争点来说，争论之前，我们通常有一个半清楚不清楚的争点，一面争论一面不断地澄清争点，在这个过程中，争点随

着我们的观念系统的不断调整而不断转移不断变化。最后争论的双方各执己见，谁也说服不了谁。原先的争点在哪，已不复找寻。

这个充满思辨的过程，大抵就叫哲学。因为哲学本身不为任何问题提供终极答案。喜欢的人沉溺其中，不入门的人直犯迷糊。

那一年，陈嘉映、刘擎、慈继伟、周濂，四个人坐到一起你一句我一语地漫谈说理与论证。后来，三四个小时的录音整理出来，成了一篇文章，叫《“说理”四人谈》。很原生态，对话的过程，也就是四个人思考的过程，互相激发，互相映射，互相补充，互相修正。类似于上世纪八十年代钱理群、黄子平、陈平原开风气之先发表在《读书》上的《二十世纪中国文学三人谈》。

如今，《“说理”四人谈》收进了陈嘉映自选集《走出唯一真理观》，与此篇同类的，还有2007年至2018年间陈嘉映的访谈、演讲和书评。书中字里行间时刻保持一种探讨的可能。比如反对某个观点，不认同某种做法，他用的词是留有余地和空间的“怀疑”。在这种漫谈式的闲笔中，很多见解散落其间。陈嘉映说，这本书，不是让别人明白，而是求自己明白。

（二）不是达到共识，而是让无共识的人一起生存

自 1975 年后，陈嘉映读杜威，读罗素，后来读海德格尔，读维特根斯坦，渐渐地，他离开了唯一真理的想法。他说，从前有不同的道，现在有不同的道，将来还有不同的道。重要的问题不是找到唯一的道，而是这些不同的道之间怎样呼应，怎样交流，怎样斗争。

这涉及"共识"的问题。无容置疑，每个人都承认建立共识很重要。但陈嘉映高度怀疑任何对话的目的在于谋求共识。因为，在他看来，一个社会在方方面面都有共识并不一定就是一个更好的社会。"在很多场合下，我们根本无须达到共识。与其说需要共识，不如说需要学会，没有共识的人应该怎么在一起生存。""……不要枉费心力去统一思想，当务之急是琢磨怎么让不同思想方式和生活方式相处在同一个政治共同体中。"

也因此，在"说理"中，即使读的书不同，所熟悉的理论不同，但关心的问题却应该是共同的，"现在的体制要求哲学工作者成为专家，你是王阳明专家，他是维特根斯坦专家，你我之间却没有共同问题"。

说理的认知内容已不局限在是否达成一致，但寻找共同的问题显得愈发重要。即便达不成共识，也可能增进相互之间的理解。理解最重要，没有理解的愿望，就算争赢了也没啥意思。

这又带出一个问题——哲学的真理性和唯一性。陈嘉映说，很多人包括他自己都已不再接受真理的唯一性。非将二者连起来，那么一方面要放弃唯一性，一方面要坚持真理性。

（三）不是从概念到概念空洞运转，而是尽可能去做实际的事

陈嘉映一向主张取消哲学本科，理由是本科生应该进行通识教育，踏踏实实学习基本知识。“如果学生没有任何专业基础，一上来就弄哲学，容易把哲学做空。”他认为哲学是对经验的反思，对知识的反思。十八九岁的学生，没有多少人生经验，没有专业知识，反思什么？比如做政治哲学，探究什么是政治，什么是良好政治，但如果从来没有政治经验，对中国的政治史、外国的政治史没有多少了解，又能反思什么？如果对伟大哲学家基于深厚经验和广博知识而得来的思想无所体会，学哲学就会变成了从概念到概念的空洞运转。而可悲的是，大多数人所理解的哲学就是这种东西。

但是，无所不在的反思也会在一定程度上威胁和摧毁很多东西。哲学家伯纳德·威廉斯曾说，过度反思会把原本厚实的东西变得薄瘠。陈嘉映高度认同这个观点。他提出“是否能够，以及在什么程度上找到一些办法，避免陷入过度反思”。这是当

代生活面临的一个很重要的问题。为此他对学生说，尽可能去做实际的事。要靠比较重一点的生活把反思托起来。否则，反思会飘起来，我们会飘在反思里。

看陈嘉映的作品，可以发现，以前他表达自己的想法，会采取写书的方式，把自己在一个领域的思想系统深入地整理出来。但现在，时代变了，传播和交流的方式变了，他对这种方式抱有很深的怀疑。

现在的陈嘉映更愿意就别人的一本书，来阐述自己在政治哲学方面的思考。拿《弑君者》举例，这是律师约翰·库克的一本传记，他曾经判查理一世死刑。这本书让陈嘉映感想良多。因为从中可以看到中国与西方两种不同的政治传统，即在重大的历史转变关头，或碰到政治危机时，人们所呈现的不同的反应、不同的思考方式。陈嘉映认为，沿着这样一个事件去讲中西方政治思考和政治处理方式的不同，比起在政治哲学层面来谈中西政治哲学差异，要实际得多。

（四）不是为了看清历史的总体走向，而是尽可能找出现代生活的有益张力

我们谈论历史，总少不了一个宏大的历史观，比如，历史会往哪里去？

在陈嘉映看来，历史并没有一个终极目标，它会沿着意想不到的道路去发展。“从前，我可能倾向于把自己的政治理想投射成人类发展的方向，现在，我不是这样来思考政治和历史。”现实生活中，不管你的政治立场是什么，你的历史观点是什么，更多的是要从那种大的历史观拉回来，拉到一个你比较有把握的认知中，以此来塑造和调节你个人的生活和事业。我们读历史，并不是为了看清历史的总体走向，从而在人类的整体发展中给自己找一个位置，这只能是幻觉。历史教给我们具体而微的东西，让我们更真切地了解我们自己的处境。

拿过“好日子”来说，这是每个人最基本的愿望。谁都希望过上好日子。但陈嘉映说，以前好日子是跟其他东西配合在一起的，比如信仰，比如德性，比如某种社会理想。但在今天，好像“好日子”就是好日子。

今天我们仍然有艺术、哲学、社会理想，但它们似乎失去了提升生活的作用，它们都在好日子的同一个平面上。如果只剩下“好日子”，生活就缺少了一种张力。这种张力至少在一定程度上是我们人性中一种需求。陈嘉映忧虑的是，在各种乌托邦里，大家都过上了好日子，生活变成平稳的不断重复。“没有这种张力，历史当真就终结了。”

在现代生活里，有益的张力在哪里？这是一个迫切的问题。

坦白讲，《走出唯一真理观》是陈嘉映比较浅显易懂的文集，不足以涵盖他在现象学、分析哲学、伦理学方面的研究成果。就像陈嘉映所说，要理解维特根斯坦的思想是很困难的。为此他一直在缓慢地努力。同理，要想在一两本书中理解陈嘉映的思想也是困难的。

陈嘉映的作品总是深切地专注于哲学普及和人本主义思考，所以，有人说，在这个信息庞杂、价值多元的时代，陈嘉映是非常重要的一个声音。

我也在缓慢地努力，试图理解“理解了海德格尔理解了维特根斯坦”之后的陈嘉映。维特根斯坦认为哥白尼和达尔文的真正功绩并不在于发现一个真理，而在于发现一个富有成果的新视角。陈嘉映发出的声音即是对当今人们的“习以为常”投下冷静的、穿透的一瞥，在一系列令人眼花缭乱或是老生常谈的主题中进行尖锐地发现。这个新视角有如电光火石，醍醐灌顶。

在黄子平的“知识友谊”中“无限交谈”

这位上世纪八十年代以降中国当代文学领域的知名批评家，几十年来从学术的中心到学术的自我边缘，从边缘再到中心，自身学术研究从来不曾停歇。

结识黄子平老师，得益于深圳读书月十大好书评选，那一年，黄子平老师应邀担任评委。同场评委的我，感觉与历史狠狠握了一下手。要知道，他可是上世纪八十年代学界如雷贯耳的人物。

此后，见面多了，黄子平老师言谈中的儒雅、平和、矜持甚至腼腆，让人想起他那句警世名言“深刻的片面”。他对多学科把握学术的高度自觉，对何为文本以及文本的解读，对西方各种现代、后现代观点的熟悉和运用，对愈发时尚的各式理论的焦虑，对知识-权力构成的“整体”和“总体”的怀疑，甚至对三十年来没有新的文学史叙述而产生的遗憾……让人发现这位上世纪八十年代以降中国当代文学领域的知名批评家，几十年来从学术的中心到学术的自我边缘，从边缘再到中心，自身学术研究从来不曾停歇。他新近出版的作品《文本及其不满》，尽管是近四十年文章精华的结集，却试图在“知识友谊”中重启“无限交谈”，构建一个你我他的文学共通体，以期达到“嘤其鸣矣，求其友声”，让人心有戚戚，充满敬意。

（一）

一提起黄子平，人们总会想到著名学者钱理群、陈平原。他们仨被喻为“燕园三剑客”，三十年前，在《读书》杂志上做了一场“二十世纪中国文学三人谈”，率先在当代文学研究上摆脱原本依附于政治史叙事的文学史框架，打破分段论，让以前互相割裂、残缺不全、讲不清楚的文学现象，重回新的叙事框架下进行叙述。那是一种新的思想启蒙。用钱理群先生的话讲，那个年代，自由聊天不仅是一种生存方式、学术方式，还创造了“学术聊天”的自由文体。

正源于那些年的“无限交谈”，各种思潮与文章蓬勃兴起。

坐到一起评书，我内心是矮了一截又一截。黄子平话不多，却语惊四座，比如“大头针说”，意思是，翻开当代文学作品，满眼大头针，硌牙，感觉非常不舒服。

此番论断当然是有底气的，早在上世纪八十年代，黄子平与出版家董秀玉合作，编香港三联书店版“中国小说年选”，一编五年，在当代文学史上留下强有力的烙印。现在回想起来，“编年度小说那些年里带给我生命中的读和写，是如此持久充实，生机饱满”，他的笔下有一种真诚的感激。

不像深圳读书月十大好书评选，有一个相对集中的时间段进行初选、复选和终评。编年度小说是一整年的工作，从年初开始，一年三百六十五天天天读小说，读一切跟小说相关的东西，不断地比较、拣选、过滤，读到年底他才开始觉得心中有数了，那种状态是“你跟当代小说一年到头结结实实地活在了一起”。

年度小说集的第一本是《中国小说一九八六》，现在估计只能上旧书网才能淘到，而且价格不菲。

相比之下，尽管我平时的工作是接触并过眼大量的新书，每周精读一本好书，在音频平台上进行推荐；隔三岔五也写点书评文章，在新媒体栏目上发布。但一起坐在好书评选席上，自己还是忍不住心虚和惭愧。

想到黄子平“八讲”沈从文中的一个细节，上世纪八十年代很多人要将沈从文的原著《萧萧》《贵生》《丈夫》等拍成电影。沈先生说："你们看我的作品太少，不妨看到十部以后再来研究。"

沈从文的心结，也是黄子平的担心，他一再地对读者说，要多读，各家各派都要读，才不会"死"于句下，被它误导。

我便想，书读得再多，不得法，也是"太少了"。

如此，文学批评显得非常重要。

（二）

关于文学批评，黄子平有很多语出惊人的观点。

比如："文学史并不存在，只存在文学批评。""文学史无非是古代作品的当代阅读，一切都是当代的文学批评。"

这与克罗齐"一切历史都是当代史"暗合。

又比如："按解构主义文论的基本观点，作品是在阅读的瞬间才生成，在此之前不过是白纸黑字。"

再比如："批评是同时代人的批评。"

每个观点都"死不休"，想想却又"无非如此"。

何谓同时代人？阿甘本在他的《何谓同时代人》中，认为是一群既属于这个时代，又不断地背叛这个时代；既批判这个时代，又依附这个时代，同时又与之保持距离的人。他们感知时代的黑暗，关注时代的断裂或是制造这种断裂，又把之前的年代带到这个时代的断裂中。总之，同时代人与时代有着复杂的关系。

放到上世纪八十年代的语境下，黄子平说他之所以对“同时代人”感兴趣，是因为它在时空上有两重性，一是超越，一是介入。

举个例子，在文学评论中，周氏兄弟按特定时期的叙述框架是不能放一起的。但放到“同时代人”，就超越了这一限定。提及鲁迅和他的同时代人，不能不提周作人。而介入，对批评家和研究者而言，他与作家、作品可以站到同一个时间点上。

“同时代人”这个概念还折射了当年的自我意识，即“我不是一个人站在这里”，也不是“一个人在这里倒下”的。同时也构成了某种历史的无意识，比如顾城写过《一代人》，舒婷写了《献给我的同代人》……我们在讨论一个作家时，也习惯性地扯上他的同时代人，像《同时代人回忆契诃夫》《陀氏和他的同时代人》《林徽因和她的朋友圈》《胡适、罗尔纲和他们的朋友》，立一个坐标，纵横参照，举一反三。

也就是说，“同时代人”是一个框，它可以解决很多无法归类的难题。

黄子平引用阿甘本的观点，说不同的人选择不同的“自己的‘古’代”进入当代。你可能是由“李白的盛唐”进入当代，也可能是由“苏轼的北宋”进入当代。比如洪子诚就是由“契诃夫的十九世纪的俄国”进入当代，钱理群则是从“鲁迅的五四”进入当代……

在他看来，文学史不是去关注那些遥远的文学现象，而是把文学现象带回到当代，与当代对话。

跟黄子平老师接触多了，我越发放松。书人系列第六本《书人陆离》要出版，便求他写个序。现在想来，唐突地提出这种请求，真是无知者无畏。好在黄老师善良地答应了，文章中他写道：“姚峥华对‘小说家张辛欣’的‘寻找’，实在是她一往情深，对上世纪八十年代生机无限的中国文学的缅怀、追索、反思和——‘加入’。于是，姚峥华的写作，也就‘接续了一个传统’，成为无情流逝的文学长河里的‘一粒石子’。”“她的阅读是介入式的，进入文本与作者深度对话。”

坦白讲，书人系列前五本，我都没有理清自己这种书写的“无意识”。经黄老师这么一梳理、小结，一下子立起了一条主线。套用他的“选择不同‘时代’进入当代”，我便是从钟书河、黄裳、张辛欣等人的“八十年代”，介入，对话，进入当下，从而“接续了一个传统”。

原来，可以这么看问题。我有豁然开朗之感。

记得当年侯孝贤拍电影，碰到瓶颈，怎么也突破不了。朱天文就推荐他看沈从文的作品。侯导演一看，天呵，一下子打开了看待外部世界的视角。

黄子平擅长在貌似无厘头的庞杂凌乱中，挖掘思想主干，理顺，再归位。就像他说“分类法，是一切知识体系、思维方式，和意识形态的基础”。内心有秩序的人，到哪都会秩序井然。我不由得猜想，黄老师在家里肯定是整理家务的高手，一切井井有条。

受黄子平观点启发的人，很多。洪子诚《中国当代文学史》中对“十七年”文学的认知，钱理群的《丰富的痛苦——堂吉诃德和哈姆雷特的东移》，都受到黄子平的影响。

在《文本及其不满》一书中，黄子平也谈及自己与“同时代人”的关系。当年一起编小说年选的李陀曾用“友情”和“交谈”概括他所亲历的“八十年代”，黄子平称之为“态度同一性”。钱理群说自己读到这里，心里为之一震：因为今天这样的“无限交谈”和“态度同一性”已经不复存在了。人与人之间，当年的老同学、老朋友之间，甚至在家庭内部，都失去了共识。能够毫无顾忌地，推心置腹地畅所欲言的朋友越来越少。

与钱老同感的大有人在。那年，文艺理论家吴亮从“批评的缺席”改做美术批评，他告诉黄子平，批评是写给几个朋友读的，你都不在此地了，我还写什么。

上世纪八十年代文学评论界有“北黄南吴”之称，吴已转场，黄呢？黄子平惊诧下想起本雅明说过“批评家的更高权威是其同人，不是公众，更不是后人”，不由得感慨，他们同时代人，飘零四散得太早了。

也对，后来“同时代人”这个概念变味儿了，窄化成了同年龄的人。从钱理群到吴亮到黄子平，都认为“同时代人”已经分崩离析了。

（三）

我却心心念念，我和黄老师虽然不是同一年代的人，但我们是同时代的人，共同亲历亲见亲闻了很多事物和现象。比如，我们是广东老乡，我们上小学的学校在汕头市同一条马路上，我们都爱喝单枞茶，我们都有北上求学南下工作生活经历，我们谈论的话题离不开一河之隔的香港……又比如，我们一起参加好书评选。

那一次，深圳报业集团出版社在胡洪侠的主持和推动下出版了刘大任小说。随后召开的“刘大任小说艺术学术研讨会”上，应邀与会的黄子平发言说，四十年前，他在北京大学中文系看香港杂志，先读两个人的作品，其中一个就是刘大任。他没想到四十年后，由南国边陲一个不太知名的出版社，一口气推出了《刘大任集》的最初四本。他认为这是中国现当代文学史或者左翼文学运动的“大事件”。

“事件”之所以大，除了出版人的勇气和眼光，当然是刘大任小说的另类。黄子平看到刘大任小说既“现代”又“中国”的暧昧难明，尤其《当下四重奏》中足以撬动小说固有概念的文本，让主客观界限消泯。

作为批评家，黄子平坦言自己一直对小说史上这些“不像小说的小说”感兴趣，对这些“讲不进文学史”的文学作品和文学现象感兴趣。它们总是这里或那里让你“感觉不对”，而刘大任的小说就属于这样一种作品。

接触中，我发现黄老师很着重“文本”二字。在他眼里，社会、历史、现实都是文本；你我他也是文本；世间万事万物皆是文本。“所有的证据都在文本里。”

对文本的解读，就是批评家把自己放在读者的位置，把社会、历史、现实的语法、语义和语言的组织生成，作为破译的对象。

以这么一种方法，打通壁垒，将所有的元素放入“文本”的框中，达到另一种“超越”和“介入”，“表面即深度”。他认为只有从文本中读出了语言、修辞、意象和虚构，才读出了某种文学。

如果你有足够胆量，敢于将作品呈现于黄子平面前，那么，你和你的作品，都是他的文本。他像一台X光机，事无巨细地对文本逐一扫描、读取；又如操手术刀的外科医生，精准下笔，一语中的。他开的药方，不是中医也非西医，常常另辟蹊径，以主题进行互文参照，比如自杀、疾病、流亡……他不愿意从宏观上想象整体，更是对排斥和压抑出来的“整体”和“总体”产生警惕和怀疑。也因此，在芝麻和西瓜之间，他会毫不犹豫地选择芝麻，因为它小而香。

这就不难想象他会远离宏大叙事，远离热闹喧哗的中心，回到冷静的边缘埋头文本细读。陈平原精辟地评价黄子平身处“边缘”，“智取天下”。赵园解读为“他更苛待的，是自己”。

文本性确实给了黄子平一个策略，把一个个“乐句”和“音符碎片”，视为通向想象的历史总谱的通道。刘大任的小说，无疑就是这种可以让他发现“乐句”和“音符碎片”的文本。

我私下庆幸，正是黄老师兼容并包的“文本观”，我这本《书人陆离》小书才得以他温和地赐序。

但黄子平并未一味的温和，基于批评家的立场，他感叹，一代人有一代人的文学史。三十年了，该是时候有新的文学史叙述了。

他遗憾，因为太慢了。

（四）

文本，类似电影导演的长镜头，呈现的背后是作者对世界的态度和理解。

《文本及其不满》呈现给钱理群的是，黄子平有很强的社会关怀、思想关怀和政治关怀与焦虑。他为两人内在的相通感到一种无法言说的温暖。

赵园欣赏黄子平“表述有理论性与感性的平衡”“极繁缛与极精练，并行不悖”，他感慨他们“困难时以沫相濡，稍平顺也并不相忘，是一种趋于恒定的关系。在已能望见生命尽头的现在，这种稳定尤可珍视。你知道任何情形下你都不会孤身一人”(《我所知子平与玫珊》)。

陈平原则深切感受“他们这代人……那种携手前行的姿态，让人怀念”(《在边缘处策马扬鞭》)。

黄子平呢？他将《文本及其不满》交付活字文化出版，何尝不是对“生命中那些年里的读和写”的“永远的感激”。

三十年一晃，“同时代人”四散，但思想、文学的共通，温暖着这一群人前行。

我写这篇文章，其实有很多话要说。尽管是纸上的交流，没有新见，也多碎片，甚至是黄老师观点的再次咀嚼、引用和转述，但这本身就是一种认同。而这种基于认同的漫谈，是一种“从黄子平的文学批评进入当下”，向“同时代人”学理上、情感上的靠拢取暖。从某种意义上，也在“接续一个传统”。

或许，每个人都是不充分的存在者。正如黄子平所说，我们对人生，对世界的理解确实是非常狭窄的，狭窄到自己都不知道，甚至并把狭窄当尖锐。但“文本”再怎么千差万别，只要愿意“无限交谈”，本雅明意义上的“同人”“公众”，甚至“后人”，都可以“嘤其鸣矣，求其友声”，不是吗？

第三面

月白

3

原来《新青年》是他们家印的

> 如今，一百年前的书、人、事，因了陈克希的深圳行，涌到我们跟前，这也是书的魅力吧。

陈克希老师来深圳做讲座，大侠接到任务“主持”。看得出来他“欣然受命”。爱书人对书的“爱”，进而对一切与书相关的“爱”，都是没有道理可讲的。

主持前做准备，他从书架上找出《海上旧书鬼琐话》，然后提问式地卖了一下关子，你知道《新青年》吗？他们家印的。

哦。

到南山书城，一见面，我便问《新青年》。

陈克希老师说，是的，《新青年》由群益书社出版发行。

那么，群益书社是个什么机构呢？

说来还是有故事的。群益书社创立于晚清，是我国早期的现代化书店之一。

陈克希祖父的族兄陈子美，1899 年与同乡陈子沛、陈子寿兄弟一起结伴东渡日本留学。1901 年陈子美出资在日本创办了群益书社，从事书刊的销售。这便是最早的群益书社。

1907 年陈子沛、陈子寿兄弟在上海设群益分社。到 1912 年，书社发展壮大，总部位于上海，东京和长沙为分社。1908 年，陈克希的祖父陈子明来上海投奔族兄，开始在群益书社做事，直到 1920 年代另立门户，创办戏学书局。

我们都知道《新青年》，这一份中国文化史上具有里程碑意义的思想启蒙刊物，凝聚了陈独秀、李大钊、鲁迅、胡适、刘半农、钱玄同、周作人、沈尹默等当时中国一大批最优秀的知识分子，发表了一大批重要思想学术文章，对当时的社会产生了极大的影响。即便时至今日，人们依然可以从中汲取营养，获得力量。

如此重要的一份杂志，为何会落户群益书社？

这里来溯源一下。

该刊创始人陈独秀在“二次革命”失败后，对中国时局进行了思考，认为“救中国、建共和，首先得进行思想革命”。1915 年陈独秀从日本回上海后，便开始筹备《青年杂志》。他先是同亚东图书馆的汪孟邹商量，后被介绍给群益书社的陈子沛、陈子寿兄弟。几人商议后决定由群益书社出版《青年杂志》，每月一本，每期支出 200 元。最初发行量为 1 000 份。

于是，《青年杂志》于 1915 年 9 月 15 日创刊，陈独秀主编，上海群益书社印行（月刊）。6 期为一卷。第一卷名《青年杂志》。陈独秀撰写发刊词《敬告青年》，开宗明义指出“人权说”“生物进化论”“社会主义”，言明这三事是近代文明的特征。

1916 年，群益书社接到上海基督教青年会来信，信上说该杂志同青年会杂志《青年》《上海青年》同名，要求《青年杂志》改名。

1916 年 9 月 1 日，《青年杂志》易名《新青年》。陈独秀发表《新青年》一文，号召青年做“新青年”，标准是：生理上身体强壮；心理上“斩尽涤绝做官发财思想”；“内图个性之发展，外图贡献于其群”；以自力创造幸福，而“不以个人幸福损害国家社会”。

1917 年 1 月陈独秀任北京大学文科学长，编辑部迁往北京，但印刷地点仍在上海群益书社。

1918年1月，《新青年》从第四卷第一期起实行改版，改为白话文，使用新式标点。此后，《新青年》成为当时第一个全部用白话文宣传新思潮的刊物，带动其他刊物并形成了一个提倡白话文的运动。

1919年6月陈独秀被捕，《新青年》停刊半年。10月迁回上海，但仍保留北京编辑部。12月的第七卷起由陈独秀一人主编。12月1日第七卷第一号《新青年》刊登了《本志所用标点符号和行款的说明》指出“现在从七卷一号起，划一标点符号和行款”。

要注意，此时，《新青年》已出完前七卷，共42期。

之后《新青年》脱离群益，自行出版发行。为何中断合作呢？

陈克希说，听祖父讲，陈独秀很精明。在前期合作过程中，他已学会了出版发行方面的本领，掌握了窍门。后来《新青年》越出越厚，有时一期的稿件达两期之多，纸张、油墨等印制成本也随之提高，但《新青年》付给群益的钱并没有增加。这也让群益吃不消。所以，最后便分道扬镳。

之后，从第八卷起，《新青年》自己出版发行。1920年9月1日，《新青年》第八卷第一期发布郑重声明：“本志自八卷一号起，由编辑部同人自行组织新青年社，直接办理编辑印刷一切事务……八卷一号以前的事，仍由群益书社负责。……特此预先声明，以免误会。”

分道扬镳的迹象，在中国人民大学博物馆藏“陈独秀等致胡适信札”中可探一二。据陈独秀致胡适信札，陈对胡说：“我对于群益不满意不是一天了。最近是因为六号报定价，他主张至少非六角不可，经我争持，才定了五角；同时因为怕风潮又要撤销广告，我自然大发穷气。冲突后他便表示不能接办的态度，我如何能去将就他，那是万万做不到的。”

有公开资料显示，“分手”的导火索是《新青年》第七卷第六期“劳动节纪念号”，篇幅从原来每期 130～200 页不等猛增至 400 多页，群益书社提出加价，而陈独秀考虑到大多数读者是下层无产者，故不同意加价。

陈独秀从读者角度出发，出版商从成本角度考量，这二者都无可厚非。

1920 年 9 月 1 日，《新青年》第八卷第一期起，成为上海共产主义小组公开出版的机关刊物。中国共产党正式成立后，《新青年》成为中国共产党的理论刊物。

1921 年 2 月 11 日，由于《新青年》杂志社出售《阶级斗争》《到自由之路》等书籍画报，法国巡捕房以“言辞激烈，有违租界章程”为借口，将《新青年》杂志社强行封闭。

1922 年 7 月,《新青年》出至第九卷第六期后，暂时休刊。此后改为季刊。一直到 1926 年 7 月停刊，共出九卷五十四期。

也就是说，从 1915 年 9 月 15 日创刊至 1926 年 7 月停刊，十年间《新青年》共出九卷五十四期，其中前七卷四十二期由群益书社印制发行。

不管是什么缘由“分手”,《新青年》在五四运动期间及之后所发挥的重要作用，群益书社功不可没。

陈克希在《海上旧书鬼琐话》中写道：陈氏兄弟对《新青年》的前四十二期版型一直细心维护，一直到 1951 年群益关闭后，经理陈汉声上书中央，报告纸型一事，并携纸型赴北京呈献，受到嘉奖。

不单出版发行《新青年》，群益书社还出版了一系列教科书和翻译小说，比如周氏兄弟在日本合作翻译的《域外小说集》；还有民国时期袖珍英汉字典，俗称“寸半本”词典。

如今，一百年前的书、人、事，因了陈克希的深圳行，涌到我们跟前，这也是书的魅力吧。

高凤池重见天日

> 高凤池何许人也？他与夏瑞芳、鲍咸恩同为商务印书馆的创业元老，三人曾是幼时的同学，“又以宗教信仰相同，星期日做礼拜，常常在教堂里会面，午后常在城隍庙湖心亭吃茶，有时上小饭馆吃饭，真是少年知己，无话不谈”。（《高凤池日记》，184 页）

提起商务印书馆，大家都耳熟能详。

这家创办于 1897 年（清光绪二十三年）的出版机构，在中国近现代出版史上赫赫有名。不单涌现了张元济、王云五、高梦旦等一批杰出的出版大家，还出版了一系列重磅作品，如编写各类学校教科书，编纂《辞源》，整理《四部丛刊》，编辑“万有文库”，译介《天演论》《国富论》，出版鲁迅、巴金、冰心、老舍等现当代著名作家的文学作品……它的创立标志着中国现代出版业的开始。

但关于它的缘起，知道的人却不多。

最近叶新整理的《高凤池日记》（中华书局2022年8月）出版，由高凤池之口，讲述了这个已被遗忘或被忽视的近现代出版史上的“重要源头”。

高凤池何许人也？他与夏瑞芳、鲍咸恩同为商务印书馆的创业元老，三人曾是幼时的同学，“又以宗教信仰相同，星期日做礼拜，常常在教堂里会面，午后常在城隍庙湖心亭吃茶，有时上小饭馆吃饭，真是少年知己，无话不谈”。（《高凤池日记》，184页）

夏瑞芳和鲍咸恩原先都在捷报馆里做英文排字，《捷报》是当时一份颇有名气的英文报纸，总编辑是一位英国人，脾气极坏，对中国工友很是看轻。他们仨有一天聚在一起，便提起自己创办印书房的事。大家盘算了下，觉得可以做。

公司开办时的资本，是3 750元。大股东沈伯芬，1 000元。夏瑞芳、鲍咸恩和高凤池各500元。其中鲍的一半是高借出的，另还有其他人参股。

“起初一二年中最感困难的事，是临时添办材料。”（《高凤池日记》，186页）高凤池当时还在美华书馆任经理，对进货的事比较熟悉。所以，可以代办印刷所需要的青铅和连史纸。

众人协力同心，生意日见起色。一年后，他们盘下了日本人开办的“修文书馆”，“凡大小印机、铜模、铅字切刀、材料，莫不完备”。（高凤池语）商务的基础稳固由此发端。

高凤池说，商务成功半由人事半由机会。当时甲午战败后，正是维新时代。他们出版了好几种书籍，销路极好，如《华英字典》《华英初阶》《华英进阶》《国学文编》《亚洲读本》《通鉴辑览》等。《通鉴辑览》初印一千册，立刻销完，再版共销万余部。

商务印书馆最初创立的几年中，发起人都不分余利。所有盈余皆投入作为营业资本。直到张元济等人投资加入时，才重为估值升股。

光绪二十七年，也就是1901年，张元济和印锡璋加入，主持编译所，不久高梦旦也加盟成为新生力量。

当时，商务创下了几个“风气之先”，如我国最早采用有光纸印书，是夏瑞芳想出来的。之前印刷所用纸为三种，毛边、毛太、连史。有光纸的价格只是毛边、连史的三分之一。

编译所率先按照学期制度编辑最新教科书，这是我国最早的初等小学教科书。

在引进外资和学习国外先进技术上，商务印书馆也做得极为成功。当时日本大印刷公司金港堂要到中国开办印刷所，商务想着自己的印刷技术极为粗浅，权衡轻重之下，与之合作。在照相落石（石版印刷工艺），图版雕刻（铜版雕刻、黄杨木雕刻），还有五色彩印等方面，都得到日本技师的传授，几年中印刷技术进步飞快。

到 1904 年，商务所拥有的印刷所达到五处，各种机器增加到一千五百部，最新式的有滚筒机每天可印出十余万帖。出版方面，介绍西洋文化，翻译各种科学书籍，影印古书，势头很猛。由此，商务不仅在中国成了第一大出版商，在东亚地区也名列第一。

对于创办人的功绩，高凤池提到三个人，即夏瑞芳、鲍咸恩和鲍咸昌，说他们为公司“尽瘁而死”。尤其是夏瑞芳，“善于识人，善于用人，胆魄眼光远大”。做总经理时，一身兼几个职务，从总经理、校对、买办到出店，都一个人完成。

高凤池说，从这些事看，商务印书馆的发达，并非易事，饮水思源，我们需向这三位先生致敬。高凤池唯独没有说到自己。

整理《高凤池日记》的叶新说，后来者对早期商务印书馆高层的研究，以张元济为最多。然后是王云五，接着是夏瑞芳，而鲍咸恩、鲍咸昌等人少有问津，高凤池则目前尚未发现单篇之论述。

上网搜索，与张元济相关的书籍，单商务印书馆就有《张元济蔡元培来往书信集》《张菊生先生年谱》《张元济日记》《张元济全集》《张元济傅增湘论书尺牍》《张元济诗文》《张元济书札》《张元济画传》《张元济古籍书目序跋汇编》。王云五则有全集、文集、传记、回忆录，散落多家出版社，举不胜举，且陆续有来。前两年，著名出版家俞晓群就写了一部《中国出版家：王云五》，是他自己对王云五出版理念的致敬之书。再到夏瑞芳，早有蔡元培的《商务印书馆总经理夏君传》、蒋维乔的《夏君瑞芳事略》，近有赵俊迈的《典瑞流芳——民国大出版家夏瑞芳》，以及黄嗣的《中国出版家·夏瑞芳》。而高凤池，如不是此次日记出版，估计知者甚少。

叶新说，张元济和高凤池两人在商务的地位相似，即夏瑞芳 1914 年被暗杀之后，张元济和高凤池均以董事身份，各自从编译所所长、经理的任上开始走上管理岗位。1926 年、1927 年两人分别以监理身份退休，共事十二年之久。“与张元济身后特别是近四十年被推崇的境遇不同，高凤池的身后相当落寞，几不被人所知。张元济的有关研究林林总总，而高凤池的有关研究则寥寥无几。即使有，也是作为张元济的衬托而出现，与史料之缺乏不无关系。”（叶新语）

叶新因偶然机会，在 1939 年至 1941 年的旧杂志上发现了高凤池 1930 年至 1935 年的日记，他进行摘抄并整理。该日记中与出版有关的史料如今看来非常重要，这也从另一个角度弥补了商务印书馆出版史上的一处空白。

钱穆另一版家庭档案

在这珍贵的九十多封信中，可以看到那个年代后方大家庭的生活细节和张一贯对钱穆的款款深情，从中也能读出他们未能相聚的原因。

历史总是很吊诡，在不同的亲历者面前，显现的是不同的横切面。想更全面地了解或是研究一个人，唯有将各个时期各种片段各方叙述拼凑起来，才能集结成一个相对完整的人生。比如国学大家钱穆先生。

进入百度百科钱穆的词条，人物关系中显示妻子胡美琦，儿子钱拙、钱行、钱逊，女儿钱易、钱辉，以及侄子钱伟长等。词条不一定准确，但它也佐证了一些公开的信息，比如，钱穆的妻子是胡美琦。

钱拙、钱易、钱行、钱逊、钱辉是钱穆的孩子，没有错。胡美琦是钱穆的妻子，也没有错。但这些孩子，并非胡美琦所生。他们的母亲叫张一贯，在苏州一直生活到1978年去世，享年七十八岁。去世前，她不知道，她的丈夫钱穆早已在台湾另行组成家庭。

如果不是《钱穆家庭档案：书信、回忆与影像》（钱行、钱辉 编，九州出版社2021年4月）的出版，我们可能忘了张一贯的存在，也少有人知道她的一生是如此坎坷艰难。

这本书的出版，要归功于胡美琦。钱穆去世后，她率钱氏弟子编撰钱穆全集时，发现了遗稿背面，是1940至1945年间迁往大西南的钱穆与家人的家书。于是让人带回苏州，抄录编辑。

遗憾的是，这里边只保存了张一贯与孩子们拙、行、逊、易四人及少数亲人的通信。钱穆先生的回信，则被家人于“文革”时销毁了。

在这珍贵的九十多封信中，可以看到那个年代后方大家庭的生活细节和张一贯对钱穆的款款深情，从中也能读出他们未能相聚的原因。

在1943年8月3日的信中，张一贯写道：“四哥，关于我们西行事，准再待两年。我体况不如以前，且易患疟，实不欲如此牺牲也。最近两个月来，身体日健，每餐进两碗矣。惟前日流鼻血一天，近日觉头脑空虚，精神仍如常。”

据最小的女儿钱辉回忆，妈妈的坎坷经历，语言不可描述。三十岁结婚，十年里，有了五个孩子。四十岁前后，父亲到后方教书，妈妈带着几个孩子，先在北京后在苏州生活。孩子尚幼，时有病患，祖母和外祖父母相继去世。1946 年父亲回来，又在无锡江南大学工作，三年后去了香港。1949 年后全国解放，妈妈刚过五十岁却又发脑溢血半身不遂，抱着残疾之躯，活了二十七年，七十八岁去世。

这是张一贯的一生，区区几句便得以涵盖，与钱穆广博宏壮的一生相比，实在微不足道。但我们是否可以如此设问，如果没有她的付出，又哪有后来的钱穆？

儿子钱逊写道：“母亲总是向我们讲，你们的父亲是一位名教授，他是完全靠自学成功的，（她）用父亲的榜样来教育鼓励我们好好学习。”

1940 年至 1945 年间，钱穆在昆明、成都服务于西南联大、齐鲁大学、华西大学、四川大学。当时物价飞涨，每月开支所需的花销无法如期汇到。张一贯上有老下有小，操持整个家庭，日子非常难过。但她在信中，对丈夫的思念一如既往：“如再过一两年能得我们见面者，我愿忍一切痛苦，以待来日也。”

钱穆在《师友杂忆》中曾写到这段生活："苏州有园林之胜，又得家人相聚，老母弱子，其怡乐我情，更非宜良可比，洵余生平最难得之两年也。"

钱穆去香港后，张一贯中风。信讯无法互通，钱穆不知道张一贯生病。直到 1956 年，钱穆知道回内地没有什么希望，此时他六十一岁，身体并不健康，需要有人照料，便与二十七岁的学生胡美琦结为夫妻。

1980 年，钱穆给女儿写信介绍自己的妻子，与子女重新来往。1990 年，钱穆去世，胡美琦把他安葬在了老家。

张一贯生于 1901 年，逝世于 1978 年。在 2001 年她诞辰 100 周年纪念时，女儿钱辉将这些初步整理过的书信打印编成一册，分给兄姐们各家一份，分别保存，以作永念。

此次《钱穆家庭档案：书信、回忆与影像》出版，钱家孩子们在序中说，在艰难的战争年代，母亲一个人抚育我们成长。这样一本书，对我们来说，是对母亲的纪念。

这是一部抗战家书中的尘封历史，也是大时代个人生活的存照。它像一个缩影，映射千千万万同类的家庭。历史的波涛下，芸芸众生如此平凡，又如此非凡。

走近“失踪者”姚灵犀

当年《采菲录》让姚灵犀获牢狱之灾，如今很多研究者认为它是民俗学巨著。正如王振良所说，客观没有发生变化，评价却有天壤之殊。

“问津文库”新增了一本集子，叫《走近姚灵犀》（天津古籍出版社 2019 年 1 月），编者张元卿、王振良。

书不厚，却是国内目前最齐全的关于姚灵犀的文章汇编。

姚灵犀是谁？

按“问津文库”主编王振良的话讲，他是天津文化史上的“失踪者”。

这之前，很多人冠之为“香艳大家”。因为，他在民国时期所著所编的文章杂志，走的是与“香艳”相关的路子。比如

1930年代，他主编的《采菲录》，专门刊载与缠足有关的文字。后结集六册出版，从1936年至1938年印行完毕。

此外，有作品《瓶外卮言》，是《金瓶梅》研究的参考资料，也属“染色体”。

另有作品《思无邪小记》，是他耗费十五年“古今小品，涉及香艳者，上起经史，下逮说部，选取若干则，或加笺注”，结集成书，这与“性”也脱不了干系。

又编撰有《未刻珍品丛传》，内容为妓院随笔和艳闻琐事，以当时眼光看，无疑涉“黄”。

除了著作，他还编有通俗消闲期刊《南金》，调调也是绮言丽语，存活了区区十期，一年寿终。

编著的风格倾向，为姚灵犀招来非议无数。尤其《采菲录》问世，被视为大逆不道，他也因此遭牢狱之灾，还受罚金二百，最后导致家道中落。

如此一来，姚灵犀被安了带颜色的另类标签，继而成了“风流罪犯”“无行文人”。而他作为学者、编辑和诗人身份反被掩盖了。这一埋没，就是半个多世纪。

书的主编，也是书的作者之一张元卿编有《姚灵犀年表》，里边显示姚灵犀死于1963年，时年不足六十五岁。晚境惨淡凄凉可见一斑。

《走近姚灵犀》便是张元卿和王振良打捞“失踪者”姚灵犀的一项义举。

在书中我看到很多熟悉的作者，有版本学家沈津，有作家、出版人吴兴文，有学者蔡登山，等等。他们都对姚灵犀的人与文做出自己的理解和评价。

蔡登山在文章中说，最早提及姚灵犀名字的是民国藏书家周越然。周先生在 1944 年写《金瓶梅》读书札记时就提到《瓶外卮言》，说它是研究《金瓶梅》最佳最便之参考书。

南开大学教授来新夏小时候随父亲见过姚灵犀本人，他为姚灵犀打抱不平，认为他是一位彻头彻尾的社会史研究者，文献、文物的收藏家。

吴兴文在上世纪七十年代中期读大学一年级时开始看《瓶外卮言》，随后陆续看他的其他作品。他说《思无邪小记》书名就是让读者不要起贪淫之心，这完全是一本评鉴古代性文学的重要著作，是研究性文化、性社会的参考资料。

沈津也在文章中说，1985 年进上海图书馆看《采菲录》需要单位开介绍信。1998 年上海书店出版社重排这一本书，则删去很多内容，读者眼前看到的是洁本。

同在天津的文化学者冯骥才曾在著述中认为，姚灵犀是第一位把缠足视为历史文化的学者。

这些都是正面的评价，也有不同意见。如藏书家姜德明就在书话集《书摊寻梦》中视姚的作品为低俗读物。

这本书还有一辑重要的章节，是研究生兰翠娟的《南金》研究，她为姚灵犀的编辑生涯补上了厚实的一笔。

有意思的是，书里还收有杨念群文章《“过渡期”历史的另一面》和张鸣文章《“历史另一面”的困惑》，这两篇却像是关于观念和进步的一次纸上争鸣。

张元卿在前言中说，这本书收录的文章以研究姚氏著作为主，但这些文章中透露的与论题不尽相关的那些江湖信息，更希望读者留意。

他的这个提示很重要。比如，当年《采菲录》让姚灵犀获牢狱之灾，如今很多研究者认为它是民俗学巨著。正如王振良所说，客观没有发生变化，评价却有天壤之殊。

还有，收藏姚灵犀资料最齐全的是台湾广川医院院长柯基生，单《采菲录》原版就有两套（每套 6 册），更不说其他残本了。而姚灵犀成名并生活时间最长的天津图书馆内目前却只存《采菲录》一套残本。

所以，论题之外，意味更深。

寻找奥威尔

> 很多人对奥威尔着迷，因为他于英国是绕不开的一个象征。

很多到英国的访客，都会寻访奥威尔，它似乎成了一个精神的仪式，满足你跨越时空的思想想象。

前不久理想国出版的张志雄新作《寻路英国》（九州出版社 2021 年 8 月），果不其然也提到奥威尔。

“那天，他从河堤地铁站出发，面对的是维利尔斯街，乘车上下班和闲逛的人从地铁出来，汇成了一条流动的小河。离开了地铁站，左边是铁路桥，右边是一个小公园，是维多利亚河堤公园。这里原来是流浪汉的避难所，奥威尔就在《巴黎伦敦落魄记》里边描述了 1930 年代，他露宿于此的经历。”

奥威尔怎样露宿呢？张志雄描述，在这种地方睡觉，关键是要抢时间。因为晚上八点前人还不太多，再晚了椅子会被占完；此外，得迅速入睡，否则到了半夜天就变得很冷，冻得人睡不着觉；而到了凌晨四点，警察又要把流浪汉赶起来了。

这是奥威尔的一处居所，张志雄还提到他的另一处居所伊顿公学。

奥威尔 1917 年考入伊顿公学，却因为穷学生的背景在伊顿公学受到歧视。1921 年，因成绩平庸，奥威尔无法进入牛津剑桥，家里也无力提供更多资金让他深造。奥威尔只得报考公务员，在缅甸担任了英方警察。也因此，奥威尔对伊顿公学很不以为然。威林顿有一句名言“击败拿破仑之前的战争都是在伊顿学生的率领下打赢的”，奥威尔则讽刺说，接下来的战争都是在伊顿人率领下打输的。

但伊顿公学仍然以奥威尔为荣，在各类的介绍中都会提到他。

很多人对奥威尔着迷，因为他于英国是绕不开的一个象征。

传记作家李辉曾详细记述他的奥威尔寻访之路。他说自己受过两个人影响，一是萧乾，一是《1984》的翻译者董乐山。二战期间萧乾在英国与奥威尔有过联络。当时奥威尔在 BBC 任职，他请萧乾到电台用英文介绍中国抗战的情况。《萧乾传》中也收录了奥威尔写给萧乾的信。

李辉到了英国，寻访了奥威尔故居康纳波利广场27b，奥威尔1944年前后曾在此居住。《动物庄园》应当就是在这栋房子里创作而出的。他还探访了奥威尔1950年病逝的伦敦大学附属医院大楼，以及奥威尔墓地。

我不免想到2019年我和大侠的英国之行。那一趟，也可以称为奥威尔之旅。

翻开日程表，有详细的记录：

一、到了特拉法加广场，在贝德福德街水石书店买到《1984传》签名版。逛查令十字路上的新旧书店，买到一种《1984》出版五十周年纪念版和一种奥威尔传记。

二、在柯芬花园简餐后，去伦敦大学附属医院参访，可惜医院全新，哪里还有七十年前的模样。后又去BBC伦敦总部寻找奥威尔雕像，结果发现找错了地方。那里是BBC全球服务部，并无奥威尔雕像。

三、这一天找到三处奥威尔“现场”：汉普斯特德区奥威尔故居和他曾经服务过的爱书人之角书店旧址；伊斯灵顿区奥威尔故居；奥尔巴尼街举办奥威尔葬礼的教堂。

四、游温莎堡和伊顿公学。伊顿是奥威尔求学之地，可惜无法入内参观，只得在门口和周围拍些资料。

五、出发去卡迪夫前匆匆逛一下巴斯水石书店，买企鹅版新版《1984》两种。下午路经布里斯托，掠过铁桥与市中心。听说这是班克西的城市，又听说，班克西的画作和奥威尔小说有暗通之处。未经深究，不知对否。

六、到达莎翁故乡斯特拉福德。在书店买《1984》。下午，终于找到奥威尔墓。墓前郑重三鞠躬。献上一包家乡带来的单枞茶。把《1984》董乐山中文译本也献在墓碑前。墓碑前几株玫瑰红艳艳地开着。

七、回到伦敦，找到 BBC 总部，终于确认原来真有一尊奥威尔雕像，报道上说的一切都确有其事。上前摸着奥威尔的脚，觉得格外亲切。

八、星期六，泰晤士河边广场上，滑铁卢大桥下南岸书市，依次排列着十来条长案，每条有十米左右长短。直奔“企鹅丛书”而去。如果说，在查令十字街旧书店找到的《1984》五十周年纪念版，称得上难得一见；那么，此时的旧书市，十点的明晃晃阳光下，手指间蹦出的企鹅版《1984》，1983 年版，堪称奇迹。

……

如今重看《寻路英国》，从伦敦到爱丁堡，在现实与历史间穿行，感同身受；更因了奥威尔，心有戚戚。

第四面

窃丹

4

李泽厚：虚拟里的真实

> 鲁迅研究专家孙郁认为，二十世纪八十年代，真正颠覆人们思想的，哲学上是李泽厚。李泽厚综合了康德、荣格、鲁迅的资源，使思想回归到主体世界的路径。

对，这是一个根本上并不存在的对话。

实际上，是一份生日贺礼，准备在李泽厚九十岁生日时献上。

编撰者马群林，是李泽厚晚年的小友，他曾帮李泽厚整理、出版多部论著，选编有《李泽厚散文集》《寻求中国现代性之路》《从美感两重性到情本体——李泽厚美学文录》等。

可以说，马群林是一个超级李泽厚铁粉，当然，冠以“李泽厚研究者”也是没有问题的。因为李泽厚各个时期的著作及思想动向，他都了如指掌（有的记得比李泽厚本人还清晰）。

李泽厚从一开头就不赞成编撰这本书，但马群林一意孤行，他将李泽厚各个时期的文章、论著，以及访谈、电子邮件、微信等内容，结合李泽厚简要的生活、求学、工作经历，以自己理解的方式，进行编排、调整、拼接、撰写、改动。并以对话的形式，在586页的篇幅中，浓缩成一部“李泽厚读本”。

（一）

看这种一问一答的形式，我想起2014年三联书店曾出版的《回应桑德尔及其他》。李泽厚采用的便是自问自答的形式，看起来像是对桑德尔的思想观点进行回应，谈的还是自己一以贯之的哲学观。

对于多学科交叉的纯学术观点，问答的形式最容易让人阅读和领会。这是一个取巧和讨巧的“销售”与“贩卖”思想的办法。

读本里的内容庞杂众多，单李泽厚各个时期的思想论点就多不胜数。对自己的学术生涯，李泽厚曾概括“4×3+3=15”，即写了“思想史三论”“美学三书”“哲学三纲要”“伦理学三说”，加上《论语今读》、“康德书”和对谈。不多亦不少。“如此人生，而已而已。”（书的封底语）

马群林则将其掰开揉碎了，梳理了一条他理解中的李泽厚学术轨迹——

上世纪五十年代提出实践美学的观点，六十年代创立“积淀说”，七十年代写“康德书”，八十年代倡导“主体性”，之后讲“吃饭哲学”“四顺序说”（经济发展—个人自由—社会公正—政治民主）。

书中，马群林问，对吧？然后他又帮李泽厚答：算是吧。

这种场景多多，特别有趣。

沿这条主线看，确实半个多世纪以来，很多人受李泽厚著作影响，源于他的创造性言说。如“历史本体论”“情本体”“情理结构”“实用理性”“两德论（社会性道德、宗教性道德）”“历史与伦理的二律背反”“人类视野，中国眼光”“西体中用”“转换性创造”……他的思想都类似提要性短章，创见频出，又言简意赅，点到即止。

尽管虚拟，对话体的好处还在于可以问很多想问的问题，然后“逼”对方面对和回答。

比如对当代学人的治学方式怎么看？李泽厚指出存在“情绪左右思想，喜欢抽象议论”两大问题，存在“民族、民粹和神秘”三原病；同行之间存在“对别人的东西不关注不读，看重古人、死人和洋人，看不上今人、活人和中国人”的现象……

又比如对一些人与著作的观点是否认同？李泽厚表示完全不同意甚至厌恶蒋庆的“政治儒学”；赞同葛兆光《异想天开——近年来大陆新儒学的政治诉求》，但不赞同其《宅兹中国》中轻视儒家作用的总观点。

诸如此类，全书按时间顺序分五个部分加尾声细细展开。

（二）

在这场虚拟对话中，谈鲁迅，是一项重要的内容。

李泽厚一直强调自己是鲁迅的“拥趸”，少时受鲁迅的影响极大，此后伴随一生。

故很多分析家认为，要历史地具体地分析一个人在学术上、文艺上的某些特征，要注意他少年时期。这个分析用在李泽厚身上特别合适。

李泽厚中学时就读了欧阳凡海1942年出版的《鲁迅的书》，触动很大。他坦承，一开始读不大懂，但硬着头皮也要啃，越看越有味，从中悟出道理来，对鲁迅佩服得五体投地。“不仅鲁迅刚韧、顽强的一面，而且他作品中孤独、悲凉沉重的一面，都在我的性格、情感、思想、兴趣上留下了明显的痕迹。”“鲁迅叫我冷静地批判地愤怒地对待世界。”

在他看来，在中国现代文学中，鲁迅大大超过其他作家，极强烈的情感包裹沉淀在极严峻冷静的写实中，出之以中国气派的简洁凝练，构成了鲁迅前期作品所特有的美学风格。鲁迅的小说、散文能如此深入人心，具有那么强大、深刻和持久的感染力，与这种美学风格有关系。它使人玩味无穷，一唱三叹。

李泽厚将鲁迅与陀思妥耶夫斯基相比，说，要论文字，陀思妥耶夫斯基不如屠格涅夫，但他的思想力度所推动的整体文学艺术水平却远非屠格涅夫可比。陀思妥耶夫斯基的伟大在于他那种叩问灵魂、震撼人心的巨大思想情感力量。

同样，鲁迅在发掘古典传统和现代心灵的惊人深度上，几乎前无古人，后少来者。贬视庸俗，抨击传统，勇猛人世，不但是鲁迅一生不断揭露和痛斥国民性麻木的思想武器，而且也是他孤独和悲凉的生活依据。

当然，鲁迅有很多偏见和激愤之语。“他对中医的偏见，对梅兰芳的偏见，对许多人许多事的偏见，我们只能视为文学家的偏激情感。”

李泽厚认为，鲁迅的启蒙是诉诸人的情感方面，是情感的力量。他的文学作品，包括后期的杂文，虽然包含着许多思想，但之所以强烈影响人们、感染人们，是其中的情感力量，而不是他的说理。他那貌似说理的论辩其实是蕴含着情感的文学表述。

马群林问：鲁迅一直斥责、批判“传统”，死后却被尊为“民族魂”，这似乎有点矛盾？

李泽厚答：我觉得对中国文化，鲁迅是得其“神”，不在乎其“形”。他身上恰恰体现了中国文化的主体精神。……鲁迅说过，凡是阻碍中国人生存、温饱、发展的，无论是古是今，是人是鬼，是三坟五典、百宋千元、天球河图、金人玉佛、祖传丸散、秘制膏丹，均一概打倒。看似激进反传统，却抓住了中国文化的根本。这比那些大喊国粹至上、国学至尊的古今名士要高明得多，是鲁迅而不是那些国粹派才真正是中国的“民族魂”（344 页）。

上世纪七十年代末，李泽厚发表了谈鲁迅的文章《略论鲁迅思想的发展》。八十年代，他用了“提倡启蒙，超越启蒙”八个字来概说鲁迅。说，以前神化鲁迅，给他戴了很多家的帽子，其中最重要的是三顶帽子：革命家、思想家、文学家。他为鲁迅去掉第一顶帽子，现在（二十一世纪）应该去掉第二顶帽子，只保留第三顶帽子。“鲁迅是文学家，是具有他人所没有的巨大思想深度的伟大的文学家，又用自己创造的独特文体，把思想化作情感迸射出来，非同凡响。这才还其本来面目。”

鲁迅研究专家孙郁认为，二十世纪八十年代，真正颠覆人们思想的，哲学上是李泽厚。李泽厚综合了康德、荣格、鲁迅的资源，使思想回归到主体世界的路径。

三十多年过去了，到与马群林虚拟对话的当下，李泽厚依旧坚持自己的观点。“现在觉得这一论点还没有过时，只是从来没有展开来谈罢了。鲁迅不同于中国现代作家，也不同于西方的作家、思想家。全在‘提倡启蒙，超越启蒙’这八个字中。”

正是黑白分明的性格，李泽厚一辈子率性而为，自嘲“性格孤僻，不好交往，便得罪了不少人”。

生前他预料，“估计此书今天迎来的可能是一片嘲笑咒骂声，不过几十年来我已习惯生存在这种声音中，也就无所谓了”。

说这话，他终究是有出处和底气的：“我愿学鲁迅，死后还有人咒骂。”

（三）

必须佩服，马群林把整个问答编得神乎其神。

完成后，他把书稿打印出来，寄到科罗拉多州。

事实证明，这一招特别灵。任何一个被“编撰”的人，还是架不住好奇心，何况是自己信赖的小友。李泽厚开始看，开始多次“翻阅增删”，甚至开始写序。当书进入出版流程后，他竟开始期盼书的出版，“最好在我活着的时候出，我死后再出，别人会认为你在瞎编”。当然，序中他写得清楚：“这本《小纪》应属于马先生的著作，而非我的著作。”

最后成书李泽厚是认可的，有话为证：“倒是可以作为我的学术传记来阅看的。”

这里我们还得感谢马群林，正是他的虚拟对话，让这一位中国当代思想家的哲学、思想史、伦理学、美学等理论观点，得以深入浅出地让我们“沉潜往复，从容含玩”。

2021 年 11 月 2 日，李泽厚逝世，享年九十一岁。半年多后，《人生小纪：与李泽厚的虚拟对话》面世。我翻到版权页，责任编辑陈卓。很熟悉的编辑气息，那年，《陈乐民作品新编》厚厚九卷，也出自他的策划和坚持。

王笛：精英史观下找寻“历史的微声”

王笛认为，精英记录可以当文本去分析和研究，但它不是历史的全部。下层民众有自己的思想情感和态度，可以说是“历史的微声”，也可以说是“隐藏的文书”。他开始想努力探寻这些声音隐藏在什么地方。

有一次，华东师范大学副教授唐小兵问王笛，这个世界是精英主导的，如何寻找下层人的声音呢？

他的意思是，价值观、思维方式、语言方式、生活方式、心理习性，都是一个自上而下的理念扩散过程。无论是他人代言还是书写，还是自我言说，其实都无法反映下层民众的真实状态。

想想也是，哪怕是面对面采访，提问的问题也是带着某种暗示性或引导性的，答者不由自主地被带入到一种呈现中，难以代表自己的心声。

其实，这个问题是早在王笛写完《跨出封闭的世界：长江上游区域社会研究，1644～1911》(下称《跨出》)这部书之后，他猛然意识到的。

当时，王笛惊讶地发现，无形中他一直在接受一种精英的文化霸权和话语，一直在用一种精英的视角书写。《跨出》探索一个传统社会如何向现代化演化。在讨论民风民俗时，他用了“懒散作风”“惰性”“不良社会风气”等带有价值判断的词汇，把大众宗教简单归为“迷信”。这是精英批评下层民众的常用语言，而他下笔时并未做认真辨析和思考。

视角，等于史观。

王明珂在《华夏边缘：历史记忆与族群认同》书中持同样的观点。大意是，我们所接触到的文献所保存的历史记忆，通常只是一种正统的、典范观点的历史记忆。在一个社会中，只有部分的人有权力记录与诠释历史，这些人是年长者、统治阶层、祭师、男人、知识分子、优势族群或核心地域人群；而忽略了许多个人的、社会边缘人群的历史记忆。

他指的也是精英视角和记忆。边缘人、下层人的声音，却不被发现、重视，更谈不上记录。

上世纪九十年代初，王笛开始了反思。做博士论文时，他的题目是街头文化，查找资料的过程中，他发现大部分资料都是精英记录的。“我们所知的下层的思想和行为都是通过精英的眼睛来观察的，因此经常呈扭曲的姿态。但我们过去使用这些记录并没有加以分析，没有追问它们是由谁记录的，为什么记录者会采取这种态度，而是简单地把精英记录当作历史来处理。”

王笛认为，精英记录可以当文本去分析和研究，但它不是历史的全部。下层民众有自己的思想情感和态度，可以说是“历史的微声”，也可以说是“隐藏的文书”。

他开始想努力探寻这些声音隐藏在什么地方。

在研究风格转变的过程中，王笛受到史景迁的影响。

史景迁的研究是细碎化的，如作品《王氏之死》《胡若望的疑问》《雍正王朝之大义觉迷》都没有理论分析，没有学术回顾，没有主要论点；而是将各种碎片组合一起，形成了一个完整故事，建构了一个历史叙事。

此前，可能受信息论、系统论的影响，我们通行以英雄史观和社会科学的方法进行研究和书写。像《跨出》，里边看不到人。上世纪九十年代后，史学界开始注重人类学对历史学的影响，开始人文学科的解读方式，开始注重叙事。

王笛此时开始转向平民史观，开始关注日常生活，开始进行社会史、城市史、新文化史、日常生活史和微观史研究。

他看到日常生活所展示出来的社会文化现象，对认识当时的社会、政治不可缺少，便聚焦成都的街头文化，完成了博士论文《街头文化》；之后写《茶馆：成都的公共生活与微观世界》，研究的对象更加具体，局限在茶馆这个微观世界里；再到《袍哥》，从一个家庭来看一个秘密社会的组织。

这些作品都是从下层民众的角度探索现代化对他们日常生活的影响。如果说，《跨出》注重变化，《街头文化》《茶馆：成都的公共生活与微观世界》《袍哥》则强调日常生活的独特性。研究范围也大大缩小，从整个长江上游到一个城市，从社会的各个方面聚焦到公共空间和公共生活，从两百多年的清代限定到二十世纪前后六十年。

从微观的角度，他看到地方的特点不断缩小。不管是城市景观，还是语言，都开始单一化、标准化、同质化，大部分城市千篇一律。这是整个二十世纪的一个大趋势。

也是从微观的角度，他看到现代化同一性的扩张下，城市却始终保存文化的持续性。

举一个例子，汉学家葛维汉 1920 年代在四川做田野考察时搜集了一些门神画，后作为资料收在他的博士论文里。这些论文藏于芝加哥大学的图书馆中。1990 年代，王笛在美国发现葛维汉的一幅门神画，和他当时在成都街头买的几乎一模一样。七十多年来中国发生多少大事，经历了多少变迁，但两幅门神如此相似，可见文化的持续性，并不是轻易就能改变的。

微观的视角看历史，却免不了遭受到研究细碎化的质疑声音，有的将其归为“草根化”和“反智”的历史研究。说法多多。

海登·怀特的“元叙事”理论就认为我们今天所看到的资料，只是一种文本。对文本怎么样认识，是主观的活动。主观便决定了我们对历史的认识是有局限的。

也就是说，导致历史学者对历史的描述和判断产生分歧，关键不是资料，而是历史观。不管文本如何，研究者是否有一个宏面的研究视野，这才是最重要的。

也正因此，在历史书写中，王笛更注重以叙事为主，把历史观和历史认知，通过细节和故事表达出来。在叙述中不断地阐发理论，把理论融化在历史叙事中。

回到开篇的问题，如何传递下层民众的声音，实践中难之又难。王明珂借重多元、边缘、微观的资料，包括口述历史与田野调查，努力察觉典范观点所未见及其所失。唐小兵则力求把活生生的“人”拉回历史中。王笛于 2019 年出版《消失的古城：清末民初成都的日常生活记忆》，2020 年出版《显微镜下的成都》，继续他的找寻。这些都可算是种种努力吧。

张宏杰：每一种历史观都是一扇窗

那么哪些才是正确的呢？
这是张宏杰着急的地方。

在我们的认知中，充斥着大量不严谨不准确的历史常识。比如，汉武帝独尊儒术，尊的是孔孟的学说；比如历史是直线发展的，越到后边肯定越先进；比如欧洲中世纪是一个黑暗的时代……还有很多。

那么哪些才是正确的呢？

这是张宏杰着急的地方。他决定写一部简单明了的世界史坐标下的中国，让普通读者能在短时间内真正了解中国历史的大脉络，也就是远距离、宽视野地看中国文明在世界的位置。

我承认自己读后确实获有一些心得，大概有以下几个方面。

秦最早出现了“现代化”面貌，为何却在“现代化”征途上一落千丈

历史课本告诉我们，秦朝结束了自春秋战国以来五百年来诸侯分裂割据的局面，率先建立了人类史上最大的郡县制君主专制国家，成为中国历史上第一个多民族共融的大一统中央集权国家。

细言之，它废除了周以来所实行的分封制，代以郡县制；实行书同文、车同轨，统一了度量衡。人员流动性强，官僚体系发达，社会一元刚性结构稳固，举国上下整齐划一、步调一致。

从文官制到法典化控制，从文化特性到政治体制，都趋于成熟。社会出现了“现代化”面貌，这个大一统的中央集权国家，比西方足足早了两千年。

福山说，中国是创造现代国家的第一个世界文明。这是我们子孙后代可以引以为豪的地方。

但正是这个貌似文明早熟的秦制，奠定了此后中国两千余年政治制度基本格局，奠定了中国大一统王朝的统治基础。

秦统一后，社会发展步伐慢了，基本沿着先秦诸子的思想

路数行进。这中间，朝代更迭频繁。万变不离其宗的是，集权、守衡、防范、控制。

故后人有想念“三代（夏商周）之治”的奢望，连孔子都说，吾从周。

“三代”时还没有出现后来的官僚系统，主要是靠血缘关系治理国家。家大于国。父高于君。周代文化的首要标志是“礼”，封建天下诸侯之后，周公“制礼作乐”，制定一系列规章制度，来规范社会。据说“大礼有三百，小礼有三千”。

哪怕打仗，也有“战争礼”。宋襄公本着“不重伤”“不禽二毛（不俘老年人）”“不鼓不成列”，文明出征，所以作者张宏杰感慨，我们的贵族时代早在公元前就结束了。

孔子想念周公，他述而不作，四处讲学传播周公之道。所以，真正的儒家始祖是周公。《论语》可算是周公思想的进一步弘扬。

在张宏杰笔下，秦与罗马帝国存在的时期差不多，地理位置不同。但秦是全能政府，定于一尊。它编户齐民，让民众沙化，聚不成力量。社会的权力由高高在上的政府垄断，社会基层没有了文明发展的动力。而此后，是两千余年的“百代行秦政法”，从而在“现代化”征途上一落千丈。可以说，起了大早，赶了晚集。

为何具有现代性的法家文化是狼的文化

周代礼乐文明，人性善，仁是处理人际关系的准则。这一社会风尚得以延续。直至春秋时代的人都活得很优雅，到了战国后期，来了一头猛兽——法家学派诞生了，世风剧变。

在张宏杰笔下，有两个人难咎其责。

一是商鞅，一是韩非子。他俩都力推法家思想。

著名的商鞅变法，提出“废逆旅”，即废除旅店，让商人无法出行；“一山泽”，将自然资源收归国有，禁止农民耕种；为控制思想，“不得议”。同时还建立了互相监视的告奸制度。

韩非子步其后尘，有过之无不及。提出“法”“术”“势”，认为最高统治者要以法刑人，以术驭人，以势压人，封建统治才能巩固。

他们的命运都不得善终，商鞅车裂而死，韩非子被李斯逼服毒而死。

张宏杰说韩非子是性恶论者。人类文化史上将人性恶推到极致的，正是法家。他甚至引用老师秦晖先生的话说，如果你认真读霍布斯，你会发现，霍布斯的性恶论是有条件、有限定的，主要讲的是陌生人之间的关系。霍布斯没有说过，熟人、亲人之间也相互是狼。可是，韩非子却这样说过。

法家推崇制度理性，用制度而不是道德来解决问题。它高效而残忍。尽管具有现代性，但围绕的是君主利益，不顾及其他阶层利益。严刑峻法，把百姓变成斯巴达克斯战士，国家成了一架战争机器。

如果拿儒法比，最简单的一点是：于儒家而言，百姓是主体；于法家而言，君主是国家主体。所以，学界有称“士不产于秦”“秦无儒”。

至于汉代董仲舒提出“罢黜百家，独尊儒术”，要注意这个儒不是周代的儒，而是法家化的儒，是表儒里法。真正的儒是“民为贵，社稷次之，君为轻”。

为何朱元璋的固化措施令一切大倒退

自汉以来，四夷宾服，万国来朝。从汉、隋、唐到元，都是开放的。宋代消灭了奴隶制，废除均田制，土地可以自由买卖。科举成了最主要的选官制度，它的普及让君主专制制度大大完善，君权的稳定性大幅提高，社会的流动性也迅速增强。儒家“从道不从君”的传统得到复兴，甚至“士大夫以天下为己任”。还形成了朝省集议制度，有了出版自由和新闻自由，民间出现很多小报，商品经济也达到了最高峰。日本学者宫崎市定把宋比为欧洲的文艺复兴。

但张宏杰认为，到了明，一切大倒退。其中，朱元璋的闭关锁国政策是很重要的因素。

在历史评价上，我们经常听到的是朱元璋是中国历史上最杰出的君主之一，最重要的功绩是驱逐胡虏，除暴乱，拯救汉民族，平定天下。

张宏杰认为朱元璋采取了一切让社会固化的措施。比如，将管辖皇帝禁卫军的亲军都尉府改为锦衣卫，并授以侦查、缉捕、审判、处罚罪犯等权力；有自己的法庭和监狱，俗称“诏狱”，诏狱里采取剥皮、抽肠、刺心等种种酷刑。以残酷的法律严惩贪官污吏，当政三十一年，先后发起六次大规模肃贪，杀掉贪官污吏十五万人。推行最严厉周密的户口制度，人一生下来，就登记在册，每十年进行一次信息更新，一辈子不许随便迁移，不可随便改变职业。在日常仪轨上，有明确的等级规定。如穿衣，从样式、颜色、花纹、料子到衣袖的长度，不同等级有不同的穿法。在房屋造法和居住面积上，层级分明。在饮食器皿上，也有细分。如酒壶酒樽，一、二品用金子做的，三至五品用银做的，老百姓用锡酒壶。甚至到妇女发型，也有详细规定，分未出嫁的，丫鬟的、富家女的，不同层级有不同的梳理方式。

朱法的严苛刻板，与煌煌盛美的周礼俨然不同。西周两百七十多年历史，虽有多次异族入侵而造成政治危机，但基本上没有卿或士大夫犯上作乱。

清对朱元璋的继承，体现在文字狱上，乾隆通过修《四库全书》，开展消灭记忆运动。

从汉到宋，是文明的上升期。从元到清，是严重退化。也就是到了元代，西方开始超越中国，中国人的生活水平不及意大利。到了明，又被英国超越了，最富有地区农民户均粮食产量不及英国的一半。

为何一元化结构与西方多元相比容易脆断

百家尽管思想争鸣，最后的落脚点却定于一，即大一统。这是他们的共同点。

周秦之变之前，中国社会是封邦建国，人们生活在一个又一个小的分散的庄园中，半自治状态，与欧洲中世纪贵族时代很像。

秦统一后，进入帝制时代。小自治体被打散，成一个大的共同体。国家直接控制每一个人，秦到清，很多特征是其他政治体绝无仅有的。

相比之下，同时代的希腊时代思想家，却反对统一。他们林立的城邦一直动荡不安，这种形势与春秋战国很相似。但他们对统一从来没有热衷过，反而推崇小国寡民的城邦独立自治制度。亚里士多德曾说，城邦的本质就是很多分子的集合。倘若过分统一，就是城邦本质的消亡。希腊人认为过大的国家不利于公民民主的实行。但同时代的思想家司马迁认为，天下没有共主，诸侯相侵伐。

崇尚一元和多元，历来是东西文明的本质区别。

在城市建设上，也可以看到，西方城市强调与自然协调，城市的边界以山或海为界，城墙的形状是不规则的。中国的城市整齐，方方正正，棋盘式布局。

中国社会整齐划一的一元化结构，容易脆断，容易产生路径依赖。郡县制下，政府的汲取能力空前提高，缺乏有效制约，超过社会承受力，导致社会崩溃。中国历史上大部分的农民起义，是农民与政府的矛盾，而不是农民与地主的矛盾。所以史书中没有主逼佃反，只有官逼民反。因而，有了频繁的改朝换代。

……

当然，我们可以说，这完全是张宏杰的一己之见或是个人偏见。他以自己的认知坐标体系梳理出来的中国历史知识，未必约等于“客观真实”，未必约等于“正确”。

不过，张宏杰的上源，老师秦晖说过：“任何人都可能有偏见，但重要的是你能自动审视这种偏见，警惕这种偏见。”“学术领域没有上帝，也没有完人。好在一个正常的学术世界里，如果有偏见，自有人来纠偏。”这是一种学术开放的态度。

在张宏杰近年来关于历史的跨文体“简读”系列中，他逻辑缜密得总能自圆其说。至少，我们得以感受到他带着个人烙印的强烈的激情和强烈的问题意识，正是这种富有感染力的写作，为我们打开了一扇扇窗。从这些窗望出去，思绪万千。

第五面

天缥

5

“万圣”平安

平安著名，因它是镇店之宝，是“万圣”的书模，更是著名的老爹刘苏里、猫妈“醒客张”唤萍姐的总代言。

平安是一只猫。

性别男，色黑，体胖，目光炯炯，缄默淡泊，世情俗事皆收眼底，风云起伏了然于胸。

平安身世不明，被主人发现并收养之前，一直流落街头，其时二足月。2005年平安夜，它幸运地被捡至“万圣”书园，取名“平安”，安家落户。以此推算，猫龄十二岁以上。

借平安吉意，平安一路历尽千帆，与“万圣”辗转各处，度至猫界高龄（相当于人的七八十岁）。

尽管老迈，平安自有替主人待客的教养及风度。进得“万圣”二楼大门，是初冬傍晚，天未冷，夜色已暗。平安盘踞店门口，见来人，迎客般一路前行，引领登门入室，继书堆里打探，徘徊，又不疾不徐行往醒客（thinker 直译，意指思想者区域，为老爹刘苏里创办）咖啡区，绕过书桌前三三两两读者，蜿蜒而入，过窗边长廊直抵活动区。如公社书记例行视察，一圈之后，转身退回，原路重返书园大门，左右张望，见各处井然，秩序良好，复施施然前行，头颅高昂，身躯摇摆，四下巡逻，不怒自威。

正值饭点，店员们多捧食果腹，平安步至自己的就餐区，见盘碗皆空，哼的一声，扭头闷声走开。小店员见状，赶忙招呼：“平安，等会儿，这几口吃完马上弄饭。”平安并不回头，扬长而去。此时，驻店另一只小猫蹿了出来，身形敏捷，名唤“小翠”，紧跟着平安，上前示好。平安颇有面子，一时舒坦，便驻步停下舌舔身上皮发，一身乌色毛发黝黑铓亮，足见平日营养之良好、体态之康健。

万圣店里三猫相伴（辉煌年代老板老板娘足下共有十二只猫），平安俨然家长，伺候在旁一为黑白相间之小翠，一为灰白互补之丛花。小翠调皮胆大，时常跟着平安在醒客区出没，不规避人，有时还卖萌讨喜。丛花生性羞涩内敛，平素人多愿躲角落自处，或攀墙观灯抒怀，顾影自怜。

店员开启鱼罐头，放置瓷碗中，另一盘添蓄清水。平安这才款步上前，直腰端坐，心无旁骛，细吞慢咽。这番规矩，当是多年循例而成。像一耄耋老者，经年训练有素养成一套如理如法的驻店规范。

平安著名，因它是镇店之宝，是“万圣”的书模，更是著名的老爹刘苏里、猫妈“醒客张”唤萍姐的总代言。平安十周岁时，老板和老板娘一起写文章深情款款献给了这只功勋万圣猫。“万圣”书店里印着平安的书布袋、水杯、藏书票随处可见。据说这是苏里大哥的儿子乔西所画：Ping An and Dad，“万圣”的设计师将之做成了文创产品，喜爱的读者背着这一款平安袋远足天下。

平安网红，可平安熨帖。在“万圣”十二年，它深得老爹猫妈言传身教——不忘初心，洁身自好，不为各种阻挡恐胁所吓，不为外界虚名浮利所动。任风雨飘摇，只顾笃定地在书店里闲庭信步。

平安少与人直视，偶尔目光迎碰，似跨过千山万水，饱含千言万语。这不是普通的喵星人。平安日夜与书架上哲学、思想、学术界的上万个圣人亲密交谈思想对话；饱学诗书，学贯中西，感受当下社会变革，关注知识分子命运及路向。甚至胸怀天下，步履厚重，一步步从码堆的人文、社科、古籍、辞书类书籍迈过，又坚定地迈向更远的远方。

作为一只打着深深文化烙印的猫，平安学老爹挂在嘴边的句子和词汇——历史总以不同面目重现；“大头针”如一根刻度精准的标尺，或锐锋无比的利刃，让所有文字的质地，顿现原形；这个世界的两极，是剧烈跳跃和悠然徜徉，其间的风景犹如风中琴声，忽地高山，忽地峡谷，转眼又是大海……

老爹的哲思、睿智和高屋建瓴，已深入平安骨髓。它亦步亦趋协助老爹投入到“苏里说书”“名家大课”项目中，从经典书本中开出一节节名家大课。用猫妈的话讲，没有什么大道理，就是做出一个相对完整的东西，留在历史上。老爹工作累了，看到平安匍匐在前，立即一脸温婉，心头阴翳扫尽。

平安冰雪聪明，它熟知猫妈“醒客张”将一年的辛劳在某个冬末深夜变成表格，又变成比例图，纸上那些密密麻麻的天书般的数字在温热地向世人说明了什么，其背后又清冷地蕴含了什么。

它甚至学“醒客张”的口吻说：“万圣不看别人卖什么书，但能决定我们该卖什么。有些书再挣钱也不卖，有些书几年不动地方也得保证供应，这是边界。”

故此，有些出版社永远不懂为何一本定价上百元极少有人问津的学术书，“万圣”偏要长年放在架上。尽管“回款率”的压力会威胁着扼杀这些精专的研究成果，但万圣总是任性又惊险地坚持“压货”。收支比例、流量平衡，成了退而求其次的问题，暂且搁置忽略不计。

大是大非面前，理想追求下相随而来疾风迅雨般的沟沟坎坎，早已超越了店面开支最基础的经济核算生命线。这个家，自 1993 年创建以来，书为灵魂，从进门的新书架到内里区域的分类排放，自然有序地形成了一个自由开放的阅读体系，犹如一张思想地图，无声引领着读者的品向和趣味，一步步登上精神高地。通过—阅读—获得—解放，如标语、口号、旗帜，高高挂在书架上。平安穿行其中，深知个中冷暖，它时而驻足，时而仰天长啸。对一只老猫而言，坚持不易，坚守更难。何况它所栖息的物质和精神家园“万圣”乎？

卖书，更要卖文化和思想。有这份底气和勇气，谁敢争锋？

苏里老爹爱平安已成美传，前不久平安住院，拔牙输血，老爹守候至半夜，心痛不已。

猫妈“醒客张”便一天天在朋友圈发布进展情况：“平安住院，它爹地心疼死了，嘱咐说让平安再住几天院，宝贝贫血。”“我们平安拔牙后总是流血、贫血，这大半夜的，爸爸在陪它输血。我家只有一灵（驻家猫咪，纯白，年少）没有超过十岁，可以给别的猫供血，可是一灵一年来一直体弱多病……真想把我的血给平安！”“报告各位，我家平安出院了，回家了。虽然没有牙了，我们会更心疼它、爱它。”

牵动多少人惦念，平安似“万圣”一例图腾、一种象征、一记符号，在书界在学界在知识界，默默驻守着。“醒客张”曾评价说，它见过太多的人，听过太多的事，参加了太多的活动，也明白了太多的道理……

有的人永远走了，有的场景物是人非了，有些事已然成为历史了；当然，有很多幕布被撩开了，有更多新的面孔出现了。阳光下的生活仍在继续。

我见到的是拔光了牙齿的平安，吞咽自如，饭毕有款有型地踱至角落椅下，面壁梳洗，清理卫生。一切停当后，复步入灯光下。靠窗的座位，正好一学生小弟起立，到柜台取水，椅子上的坐垫温热柔软，平安一跃而上，卷屈躺下。学生小弟转身回来，一脸愕然。平安不理，埋头闭眼，打起了盹。小弟朝向我，无奈地摊开手，罢了，只得旁边凑合吧。只见他拖过另一把椅子，侧身挤坐平安旁边，头伸进台灯里，斜着身子做起作业来。继而自言自语，还能怎样……

口气中分明是见惯不怪，又泛着某种甜丝丝的得意。能与平安比肩共处，是多么有福分的事儿。

2017年万圣节，万圣书园二十四周年店庆，也是平安老爹苏里大哥的生日，醒客咖啡厅两米多长一米多宽的非洲花梨长桌案上，摆起鲜花、红烛、蛋糕、香槟，平安被戴上了生日的红色小头圈，趴在老爹身旁，神采飞扬。梨视频做了一个短片，《中国最棒的独立书店，诞生在万圣节》，平安老爹猫妈看得热泪盈眶。回想起2003年万圣十周年，“醒客张”唤萍姐冲印了一张老照片，写上“万圣十年，一心为学”作为生日礼物。当年还没有平安。转眼十四年过去了，如今的马克杯上画着平安的肖像，渐远的音乐声里让人想起那句著名的诗——黄昏里挂起一盏灯。

天高远，风清淡。

思万圣，念平安。

（注：此文写于2018年，到此书出版时，平安已驾鹤西去。它与万圣，永不分离。）

从汕头三联到持恒书屋，李春淮的往事并不如烟

按日本茑屋书店老板的理念，书店卖的不仅仅是书，还有书里的内容，书里所表述的价值观和生活方式。汕头三联因书而生发的“价值观”“生活观”，细雨润无声地滋养了一代又一代的汕头学子。

按了门铃，门开了，一妇人探头。

“是李春淮老师这里吗？”

“隔壁。”对方朝旁边一指，笑眯眯的。估计走错的人不少。

噢，持恒书屋。门牌赫然立在墙上。这是正门，上次夜幕下，我们进出的是另一条巷子的后门。两边互通。

进得书屋，迎面一道拱形门，紫色的花开满墙头，满地落英。微雨浸染，新紫缤纷得让人不忍迈步。

“这是什么花？能折枝栽培吗？我想带一些回深圳种……”

问题一连串，我都诧异自己的“自来熟”。毕竟是三个月内第二次来到十一合持恒书屋，分明有回“家”的感觉。李春淮大哥般憨笑着说：“花名金露，这株就是插枝种活的。有微毒。”

金露？后来我上网查，发现它俗名叫台湾连翘或如意草，是一种生长于热带的植物，据说果实有毒，误食会造成腹痛、腹泻。漂亮的东西一般都带有伪装色，受诱惑必冒险，花也未能例外。

书屋有几进院落，前后两道拱形门互相照应，白墙灰瓦，各式植物爬满墙头，紫金露、红杜鹃、粉月季……木架、藤椅、条桌、竹席、鸟笼、草帽、羊角、鼓风车……一物一太极，一景一乾坤。层次错落，颇有章法。

猫呢？

李春淮总在朋友圈晒猫图，那是他的挚爱。比如小黄猫眯眼假寐，持恒图说：“以为把眼睛眯细，世界就会变小。——小样。”小白猫攀上高台当书模，图说：“一只猫的存在主义思考。”小花猫攀上墙头优雅出镜，图说便是“有中是无，无中有有，有无坪样——随便，‘道法自然’也”。三只小猫俨然成了“持恒”的代言，吃的喝的，能说的不能说的，普通话的潮汕话的，皆“猫言无忌”。有时甚至还屋顶上放风，眺望一下国内外形势，心怀大众，忧思天下。

我早就惦记这几只“公知”猫了。“都在屋里暖座位呢。”李春淮像介绍家人一样，天转寒，猫咪入屋避雨，他的眼里众生皆平等。

进得屋来，书斋茶室，各雅其雅。书是主体，也是背景，三猫各踞三把座椅上，眼都不抬，径自呼呼大睡。椅子上的皮垫，印痕累累，爪影斑驳。李春淮看着猫们，一脸宠溺。

一霎那，时光停驻。

穿越的话，会是一个很长的故事。长平路的三联书店，到眼前的持恒书屋，二十多年的光阴，转瞬而逝。李春淮身上，浓缩了一段书的历史，书人的历史，书与城的历史。

故事可以讲述得很悲情。毕竟生了养了十七年的“孩子”（汕头三联书店 1995 年筹备，1996 年 6 月正式营业，2012 年 9 月 30 日结业），说没就没了，天下做父母哪个不撕心裂肺、不呼天抢地的？

李春淮埋了一下头，重重叹了口气。

不是谁的错，就像手机取代 BP 机。时代在前进，业态也在前进。

汕头三联时代，每每回家，我都赴书店看书买书。身边有朋友在上世纪九十年代末，议价五千在书店拿下一整套大百科全书，在当时算是豪举，如今此书成了镇宅之宝。汕头大学林凯龙教授，坦承正是那几年在汕头三联书店，买了书查了资料搜集了相关素材，才写下了广为流传的《潮汕古厝》《潮汕古俗》两部作品。

受汕头三联书店影响的大有人在，而跟着汕头三联书店成长的小孩子，如今也步入中年成了社会砥柱。一个书店与一座城市的关系千丝万缕。在当年它可能是一个卖场，卖书。可它不仅仅是卖场，它还是一个文化空间，连接着书与作者与出版界与读者。据说，从 2002 年至 2012 年结业，十年间，汕头三联书店举办了一千多场作家新书签售、作家读者见面会活动。

按日本茑屋书店老板的理念，书店卖的不仅仅是书，还有书里的内容，书里所表述的价值观和生活方式。汕头三联因书而生发的“价值观”“生活观”，细雨润无声地滋养了一代又一代的汕头学子。

一座城市有没有很好的文化传承，书店本身是一个很好的参照和样本。李春淮和汕头三联，早已成了汕头一个符号和象征。要回溯汕头的文化历程，绝对绕不开这个名字和这家书店。

可他分明没有把这个故事讲得悲情。汕头橄榄台曾邀请李春淮分享汕头三联的过往，节目里我看到克制的情感，极尽分寸的表述。

远游者如我，则仿佛窥见其精神的内伤，无法平复。

目光从猫的身上移开，李春淮递过来一本书，蓝封面，书名《一片冰心》，作者李蕙。人长得漂亮极了，像影视明星。他说，蓝真的夫人。

我留意到，李春淮在微博介绍："本书作者李蕙，字冰心，生于一九二八年，广东汕头澄海樟林人。曾任电影编剧、导演及电影制片厂厂长，无意于当作家，却又热衷写作。作者爱读书、喜游历，广闻博识，笔底有情。"

蓝真，何许人也？澄海人，1950年后任香港三联书店总经理，香港三联书店、中华书局、商务印书馆总管理处总经理。

据说，汕头三联书店曾得老乡蓝真前辈大力辅助。而"持恒书屋"斋名的由来，也与此有关。

"为了纪念邹韬奋先生，1947年持恒函授学校在香港创办。虽然学校仅办两期就宣告结束，学员蓝真等人发起成立了持恒港九学友会，创办并出版了杂志《持恒学友》。因此可以说，持恒函授学校是三联的前身。"

与三联有过交集的人，对三联都有一种情结，李春淮也不例外。他珍惜这个牌子，也附加了自己的延伸解读。我看见他脸上浮现淡淡的笑，那是一种前尘往事尽收眼底的坦然。便猜想，书界的逸闻趣事，他所知晓的定是一箩筐又一箩筐。什么时候写出来，会精彩极了。

汕头三联结业，“持恒书屋”设立，这也算是三联精神在汕头的前赴后继吧。

李春淮说，汕头市还有三联文化传播有限公司。

我好奇地百度了一下：汕头市三联文化传播有限公司成立于 2011 年 5 月 31 日，法人代表李春淮。

也就是说，汕头三联还在，只是它不以书店的形式出现。隐于身后，李春淮做的还是与书相关的事情，如编辑书稿，协助出版，营销推广，等等。

这些年，很多新兴书店或文化空间，都纷纷登门邀请李春淮做顾问，为其选书进书摆书。这是书店的命脉。所谓的内行看门道便是如此。北京万圣书园为何不可复制？因为创办人刘苏里只有一个。他在，万圣的品质便在。

李春淮也只有一个，他就是标准。在万物皆媒皆连的互联网时代，当书店已经不仅仅是一个阅读空间，不仅仅是一个地标、一个场所的时候，对于现实版的“书店 +”或是“+ 书店”，李春淮自有看法：“把书店做得很美，未必是好书店”，书才是核心，阅读才是根本。

猫咪在茶室进进出出，跳上跳下，小白猫竟蹿到我的椅子上，一副“你好我好大家好”的作态。好吧，一起坐。

抬头，墙上正中位置挂着匾额“精神银行”四字，落款蔡澜。

坊间都知道，蔡澜与李春淮是好哥俩。蔡澜在《蔡澜作品自选集》的序言中就写道："认识了汕头三联书店的李春淮兄，他建议由三联出版我的全集。我认为与其出版全集，不如出版自选集，文章是好是坏，自己清楚。"

2013 年 10 月《蔡澜作品自选集 5：夜雨赏荷》出版时，正值汕头三联书店关闭，蔡澜言及"（出书）此事由李春淮兄大力促成"，便"特此以这集书，献给他"。

这种有情有义的故事，发生在李春淮身上不少。因书结缘，风雨与共，屋里的猫尚且如此，何况人乎？

我们抵达的当晚，共赴持恒"书房菜"的人还有著名学者黄挺、画家林凯龙和诗人马庆才伉俪。

吃什么菜？李春淮家宴在美食圈里是口口相传的。他自己就开有名为"食客"的公众号，为大号"持恒书屋"的小号，发布一些潮汕经典菜式的做法，及其背后所承载的世相古俗。

作家马陈兵去景德镇之前曾对我说，到汕头十一合可以到市场走走，买买菜，再回厨房做。我便好奇李春淮如何在偌大的市场中选菜买菜，就像他当年在浩如烟海的几十万册新书中如何选书荐书。

不巧天下着雨，为赶时间，李春淮说自己骑电单车前往，我只得作罢。

厨房里贴着一张手写的菜谱，提纲挈领式的：鹅肝、笋壳鱼、猪蹄海参、鱼骨苦瓜、溪鳗炖汤、跳跳鱼、猪肠咸菜、青菜、陈村粉。甜品是芋泥白果。那晚还有一道特殊的菜——牛田洋的蟹，由马庆才老师贡献。

锅里炖着汤，溪鳗浮现。案台上摆着刚杀好的跳跳鱼。所谓的“鱼骨苦瓜”，则是用鱼骨慢火熬出白色鲜汤，再煮以苦瓜。入口既有瓜的苦香，又有汤的鲜甜。海参需提前发上七天，肉多质嫩，与猪蹄的胶原互为融合。银杏果于前一晚先煎再泡去芯，浸入蜜汁，留待现场与芋泥合体，于香糯中去其腻留其甘。

我驻足于鹅肝前。李春淮说，这是一款高原香槟鹅肝。产地云南，是草鹅，放养。效仿法国民间传统做肝方式，将鹅肝浸泡在牛奶或红酒 24～36 小时，祛除鹅肝血色、腥味，加香槟煮制调味，熟化。吃时将刀在 80℃温水中烫一下，切一片烫刀一次。上桌时鹅肝配薄荷叶摆盘，奶白色旁一抹嫩绿，煞是好看。鹅肝入口即化，余味缭绕，回响良久。

最后的芋泥，我吃了双份。据说芋泥在潮汕宴席中往往压轴出场，取其头甜尾甜的寓意。持恒书屋公众号“玩食潮汕”发过汕头媒体大咖陈益群的文章，他写道：“刚刚蒸出来的芋泥还会淋上滚烫的猪油，所以滚烫的芋泥并未见烟雾，如果贸然大口入嘴，就会有被烫伤的危险。潮汕饮食俗谚中有‘无烟烫死人’之说。”

我没有被烫伤，却因绵绸之口感难忘至今。也终于明白了，为何很多人不远千里寻找十一合“持恒”书房菜，因为从食材到制作，每一道菜式李春淮都倾注力气全情投入。

一个能把书店做得“过目不忘”的人，也能把美食做得“入口难忘”。

书屋一角，贴有书友新手绘的涂鸦之作，画面上一半老未老圆脸男士，佩戴圆形眼镜，正深情地沉浸于梦想之中，任身边彩蝶飞舞。旁白“人生忽如寄，莫辜负茶、汤、好天气”。

圆脸男士是谁呢？李春淮自诩老派人物，拒绝“秒杀”“秒抢”“秒到”“秒剪”，一切“快”的都与他为敌。设立“持恒书屋”，旨在与三五知己，聊天喝茶，饮酒吃饭，求慢、求精、求真、求持恒……

我有点释怀，又何必拘泥于旧时月色老时光。

尽管退出了实体书店，李春淮的“持恒书屋”公众号反倒像网上书店综合体，有潮人、潮事、美食、建筑、民俗、民艺等十多个版块，如门类繁多的主题小书店。编排得十分有序醒目，文图互现，文下附有相关购物链接。公众号的标语是：专注于潮汕本土文化的传播。黄挺老师关于潮汕文化源流的文章，便授权“持恒书屋”公众号发布。在这个综合体里，你照样可以购书，购买与书相关的衍生品，如朱砂印泥等文创用品，如元贝丝等特制食材。

如果说，当年的汕头三联汇集了全国五百多家出版社五万多种精品图书，费尽心力地想将全天下书世界里的营养浇灌进汕头，那么时过境迁，如今的“持恒书屋”则更多立足于潮汕本身，将本土文化努力向外输出。载体之变，形态之变，传播路径之变，辐射面之变，受众之变……种种之变为的是精神传播之不变。

如此看来，李春淮的故事大可继续讲述下去，或许，精彩还在后头。

离开汕头的当天，接李春淮信息，金露已送抵我住宿之处。忙碌的五一假期，他每天接待客人众多，竟然还记得我一时兴起随口说出的“折枝”之事。包裹着“持恒”泥土的金露被我小心翼翼背回了深圳，连夜种下，嗯，待来年“开得一树好花（黄挺老师寄语）”。

南方有个妈屿蓝

如此一个颇有古风的游览胜地，陡然来了一座简约现代书店。
书店的十米开外，就是触手可碰的大海，海水的远方是触目可及的南海。

还记得那个孤独图书馆吗？

那一年，一个关于海、书、孤独、图书馆、世界尽头的短片《全中国最孤独的图书馆》，把位于秦皇岛昌黎县阿那亚的三联海边公益图书馆刷爆了网络。

一时间，几十万人奔赴阿那亚打卡，只为了体验博尔赫斯先生那句“如果有天堂，那定是图书馆的模样”。

试想，在海的一端，一个特立独行的图书馆傲然矗立在空旷无一物的沙滩上，以最直白的方式向世人宣示，何等决绝，又何等壮烈。

天上的飞鸟爱了，水里的鱼儿爱了，更不要说远道而来的朝圣者，无不爱了又爱。

于是这个有书的“天堂”，火了。

只知道北方阿那亚的人，却不知在中国的南方，有个妈屿岛，岛上屹立起一个书店，叫妈屿蓝合胜书店，一个号称“离海最近的书店”。

Masuland，Masu 是妈屿的潮汕发音，land 是英文的岛。二者合一便为妈屿蓝。从这个字母组合，可以窥见潮汕多元文化的历史源流。

妈屿是汕头内海湾上的一个小岛，位于汕头市汕头港出海口。只有 17 万平方米，是 220 万平方米阿那亚的零头。

汕头海湾大桥经岛而过。2020 年，汕头火车站至妈屿岛双向公交线路开通。

袖珍岛有自己的小而美。

比如，它的海岸线长 2.3 公里，阿那亚也只有 2.5 公里。

又比如，它有浓郁的风俗民情，有可以追溯的人文历史。

岛上的“天后古庙”，俗称妈祖宫。老妈祖宫创于 1271 年至 1368 年，1620 年南澳镇副总兵何斌臣拓新重建妈祖庙，是清嘉庆元年（1796）香火传到台湾新竹县穹林乡五和宫（天后宫）的祖庙。新妈祖宫创于1851年至1861年，1928年由汕头市总商会发动扩建，1983年再次重新修建妈祖宫。古庙集潮汕木雕、嵌瓷、石刻三大独特传统工艺于一体。

妈屿岛岛民以渔为生，不少岛民早年受生活所迫远渡东南亚甚至欧美，为求得出海谋生平安，多奉请妈祖护佑。妈祖宫一直以来是南方沿海地区重要的民间信仰场所。这也就不难理解为何是Masuland，英文的“岛”夹杂其中了。

岛上还有保存完好的潮海关。清咸丰三年（1853），潮州与香港贸易猛增，粤海关在妈屿岛设立潮州新关，称“常关”。清咸丰十年（1860），在岛西侧成立潮海关，为洋税务司所控制，称“洋关”，这是汕头海关的前身。

北部放鸡山西麓现存有清乾隆年间所建的风景遗址，石刻横匾和基础垣阶皆是清代所筑，遗址前的榕树据称为明代所植。

整个岛由花岗岩构成。南部最高，北部次之，中部较平坦。土壤的表层为赤红壤，种有松、竹、木麻黄。

如此一个颇有古风的游览胜地，陡然来了一座简约现代书店。

书店的十米开外，就是触手可碰的大海，海水的远方是触目可及的南海。

夜幕下，从汕头市区望对面的妈屿岛，星星点点，一座泛着书光的 8 米高大落地玻璃屋像海上生明月般浮现于眼前，很是梦幻，也很是惊艳。

我和大侠抵达妈屿岛的时候，妈屿蓝合胜书店还在建。它以白色为主色调，采用玻璃屋形式设计建设。

书店创办人邱传龙，人称龙少，是一个有意思的人（或“人物”），更准确的表述是：他是商人里颇有趣的诗人，是诗人中甚为成功的商人。因其浓烈的人文情怀，他在汕头一举开了四家合胜书店，其中泰安合胜广场的合胜书店，有一面三层楼高的书墙，很是恢宏壮观。进店白墙上刻着龙少的毛笔字“我在这里等你”，深情款款，诗意满满。

生于 1963 年的大侠与龙少展望了一个关于妈屿蓝的前景，比如邀约同生于 1963 年的作家（如杨照、马家辉，他们曾一起合作了《对照记 @1963》，传播甚广），在 2033 年七十岁时同聚合胜，在此之前，各地读者都可写信寄至书店，把心声留下。过后，龙少默默写了一首诗：“相信有大侠 / 我们也可以 / 为了相逢 2033/ 相遇南海日出的书店 / 有您，每一位海岛作家 / 在这里，凡心向蓝 / 有您 1853 的前世 / 嗯，您的信 / 请寄往 2033/ 不见不散，我在这里等你 / 十年，当你亲临亲手 / 打开种在这片山海有约的岛上、那个故事 / 会漂洋越海，一苇渡江般 / 伴随着波涛不惊的浮云淡月 / 而你刚好，拆封她 / 和当年你启封的一笔勾销般 / 轻轻放下 / 要再读一遍，还是暂且放在茶边 / 只有你自己才明了 / 你的笔尖作揖了信笺的横及竖 / 你的茶杯轻伏了唇边的呼与吸 / 这一切，你早已，写好了 / 我还在等你。”

作为亲历者，我可以做证，龙少忠实地还原了当时的场景，把整个创意理解到位并做了升华。诗人尚能如此，诗意的妈屿蓝还会远吗？

走在海边，吹着海风，任海浪拍岸。我将妈屿蓝与阿那亚联想了起来——

阿那亚有“全中国最孤独的图书馆”，妈屿蓝有“全中国离海最近的书店”，它是合胜书店的 4.0 版。

阿那亚有小镇，妈屿蓝有小岛。

阿那亚有社群。妈屿蓝也可以有自己的社群，从现在开始组建，读书会、健身群、摄影群、冲浪群、游泳群、游艇群……一直延伸扩展开去。

阿那亚有会员海岸、高尔夫会所、马会、温泉会所、海洋公园、国际网球中心。妈屿蓝可以建自己的邻里中心、沙滩酒吧、生态公园；可以把历史遗址发扬光大；可以举办岛屿音乐会；打造潮菜美食节；组织海岛艺术展；可以推出老钟叔主理的东海一桌菜美食食堂，推出以中国雪莓娘第一品牌为代表的烘焙饼食，将精品潮食从潮汕餐桌融合进国际饭圈；可以创建海边集市，主打潮汕特色的各类小吃、海味、蘸料；构建茶生活圈，主打潮汕工夫茶、茶文创；组建婚纱摄影营地，以图片定格一份份温情与爱；组建园际儿童玩具乐园，让更多的想象力开启脑洞；更可以建造360度全方位玻璃屋民宿，仰望星空，与月亮对话，向云朵问好，与小鸟道早安……

是不是很棒?

据说被“孤独图书馆”煽情后，有四十万人抵达阿那亚打卡，2022年秋天李健举办阿那亚山谷线上演唱会，吸引了三千多万观众观看。南海上的妈屿蓝合胜，也成了这一年南国书香节的分会场，它自身注重在地服务，举办了多场市民参与的活动，如“向海而歌——市民音乐会”“潮语歌曲之夜线上音乐会”……夜幕、月色、海水、光影、乐曲、歌声，谁能不醉?

而这，刚刚开始。

《重返查令十字街 84 号》：一段全世界爱书人膜拜的时光

此时是 1971 年。她来到已经停业的书店，环顾着空荡荡的房间，满是灰尘的书架，想起与弗兰克通信的点点滴滴，百感交集。

不久前我去了一趟英国伦敦，到了著名的查令十字街，那家在美国女作家海莲·汉芙笔下的著名书店当然早已不存在。但我还是想看看现在成了什么样的店。

记得原先有人写过，是一家咖啡馆。可是，我到了街的拐角，门牌 82 号之后，看到一家咖啡店，但号码似乎不确切。我在门口张望了半天，以至于年轻的店员都奇怪地打探着我，以为有什么不妥。我只好走进去问他们关于那家全世界的书友都知道的书店，对方的眼神很是茫然，不过很热心地告诉我，沿着街继续走，有很多家书店。他们说得没错，继续往前走，就有英国最大连锁书店水石书店。还有很多家二手书店。

可是，查令十字街 84 号，昔日的马克斯与科恩书店，就是海莲·汉芙与书店经理弗兰克从 1949 年到 1970 年，通信了近二十年，并以信件集成《查令十字街 84 号》出版，引起轰动的那一家书店，究竟在哪里？

我不死心。这是一个十字路口，四个拐角，我只看了一个，其他三个也同样存在着可能性。过马路，街的对面是一家麦当劳。我有点失望，正想走过，却在店门的墙边上，看到一块小小的铜牌，上边赫然写着“查令十字街 84 号”。天呵，真的成了麦当劳了。

我不知道海莲·汉芙要是活着，会怎么想。

回到国内，鬼使神差地，我竟然在书架上看到了海莲·汉芙的《重返查令十字街 84 号》(南海出版公司 2019 年)，一本这一年引进出版的新书。

这里先来回放一下关于查令十字街 84 号的信息。上世纪四十年代，三十三岁的海莲是个穷困潦倒的美国女作家，但爱书如命。因为纽约的书很贵，她按照报纸广告推荐，写信到英国伦敦的马克斯与科恩书店，希望购买绝版旧书，没想到很快得到书店经理弗兰克的回信。

弗兰克是个严肃古板但很专业的书商，海莲要的各类离奇古怪的旧书他都能找到，而且细心地为她留意不同版本。他们之间建立起了友谊。

那时候，英国处于战后重建时期，物资匮乏。海莲开始给书店的人邮寄整箱的鸡蛋和大块大块的火腿。

1949 年弗兰克在一封回信中说，“您的礼品包裹于今日平安抵达，并已均分给大家。您所寄来的物品，我们不是久未看到，就是只能偶尔在黑市匆匆一瞥。您能这样子顾虑我们，实在是太亲切也太慷慨了，我们都深怀感激。”

书店的人则给她送了漂亮的手工桌布。书信往来也开始从海莲和弗兰克之间扩大到海莲和书店员工以及弗兰克一家人之间。通信频率不一致，有时候一个月好几封，有时候一年几封。对话内容从最初的找书扩展到相互发牢骚扯家常。

在信中，海莲对伦敦充满了向往。她写道：“请多来信告诉我关于伦敦的一切。我幻想着那一天快点到来——我步下轮船、火车，踩上布着灰尘的人行道……我要走遍柏克莱广场，逛尽温柏街；我要置身在圣保罗大教堂；我要趺坐在伊丽莎白拒为阶下囚的伦敦塔的台阶上……我到英国是为了探寻英国文学。”

1970 年，海莲将这些通信结集成《查令十字街 84 号》出版，名声大振。此时，弗兰克已去世两年。随后，应伦敦出版商的邀约，海莲终于踏上了她魂牵梦绕的伦敦。此时是1971年。她来到已经停业的书店，环顾着空荡荡的房间，满是灰尘的书架，想起与弗兰克通信的点点滴滴，百感交集。她在日记里写道："我开始走回楼下，心中想着一个人，现在已经死了。我和他通了这么多年的信。楼梯下到一半，我把手放在橡木扶手上，默默地对他说：'怎么样，弗兰克？我终于到了这里。'"

尽管《查令十字街84号》热销，但它并没有使海莲富有，不过她收到了数以百计的来信和电话，这使她恢复了一路走来丢失已久的自信和自尊。

在伦敦的四十天时间里，她和弗兰克的妻子女儿一同观看戏剧，和众多的粉丝一起活动，在伦敦塔观看守卫队锁塔门仪式，拿读者送的礼品券到哈罗德百货公司买礼物，参观圣保罗大教堂，也瞻仰了卡尔·马克思的墓地，看了罗斯福纪念碑，在罗素广场漫步，去狄更斯故居，还有莎士比亚酒馆，以及白金汉宫，温莎堡，伊顿公学，三一学院……她带着温情和怀想，像旧地重游。对这辈子唯一的一次也是最后一次的伦敦行，她丝丝入扣地写进了每天的日记里。返回美国后，旅行见闻以日记的形式出版，这就是我手头上的《重返查令十字街84号》。

1975年，英国广播公司（BBC）将《查令十字街84号》

第一次拍成了电影。1981 年，它被英国戏剧界改编成了舞台剧。1987 年，它再一次被美国人改编成了电影，而这本书，在各个国家长销不衰。我看过最早的版本是译林出版社出版的台湾译者陈建铭先生的译本。

海莲·汉芙终身未婚，1997 年在纽约逝世。享年八十一岁。

幸运的是，近五十年前海莲·汉芙走过的地方，我刚刚走过。我所追寻的所膜拜的，和全世界的爱书人一样，是从查令十字街 84 号开始的。

（注：本文写于 2019 年）

第六面

绿沉

6

黄挺的潮汕史

> 黄挺老师的学术成果及其本人对潮汕文化的影响及贡献，远远未被认识和重视。

拿到黄挺老师这部《中国与重洋：潮汕简史》（生活·读书·新知三联书店 2017 年）时，我发现这是我当下极其需要的一本书。身为汕头人，说来惭愧，我对潮汕的历史沿革和发展脉络知之甚少。而这部简史的“简”正是起到“立竿见影”的“补白”作用。

对史书，我一般持慎重的态度。这里边有价值观的立场认同问题。不同的认知取向，会有不一样的史料呈现。而不同的史料观，会导致读者进入不同的理解“胡同”，有些就被带偏了。

带着一点好奇，又带着一点忐忑，我翻开《中国与重洋：潮汕简史》，黄挺开宗明义地说，在这本书中，他只把“潮汕”当作一个研究概念，它是一个“区域”，却不是一个固定不变的地理实体。在不同的历史过程中，作为“区域”的“潮汕”，陈说的对象并不相同，它的地理空间，会随着研究的内容和视角发生变化。

如此开放的视角，让人眼前一下子开阔了起来。是的，史观很重要，有了这个支点，后面的一切阅读便水到渠成。

看黄挺的简介，1947 年出生，潮学主要研究学者之一。曾担任汕头大学中文系主任，图书馆馆长。研究方向为社会史、文化史、区域史，曾主持数个国家级、（广东）省级重要课题。主要作品有《潮汕文化源流》《潮汕史（上册）》《中国海外交通史》等。

那么，黄挺的潮汕有着怎么的简要历史？

这本 28 万字的小书，包含了潮汕社会发展历史上的重大事件。这些事件的关联背后，是黄挺的两种历史地理视野：中国的潮汕、世界的潮汕。这两种视野梳理出三种文化要素：以南海为中心的海洋世界的土著文化、来自北方大陆的中国文化、在大航海时代随潮流而至的西方文化。这些要素又交织落脚到“移民与商贸”两个焦点上，由此构成了如今特色鲜明的潮汕文化。

历史地理视野很重要，按最早谭其骧先生的说法，分历史自然地理和历史人文地理，前者包括地貌、地形、水文、气候、植被、土壤等；后者包括城市、聚落、交通、人口、疆域、文化、风俗、语言、宗教、经济开发、产业分布等。黄挺将研究的视野立足于这两者之上，让潮汕史甚至潮学的发展脉络有了更广阔的依存空间。

治史者盖房子搭框架，读史者则于幽微处寻找相关的史料证据。因是土生土长的汕头人，我对与父老乡亲相关的历史印迹，便十分留意。

比如，在这本书中，我发现，汕头市是1921年建立，之前在行政建制上它隶属澄海县，是澄海县蓬州都底下的一个小渔村。后来倒了过来，澄海归属于汕头，现在则成了汕头市所辖的一个区，叫澄海区。我母亲的祖籍是澄海。记得小时候，从澄海来到汕头的亲戚，印象中都被视为“乡下人”。殊不知，溯源的话，澄海才是正宗老大。真是潮起潮落，风云变幻，历史的河东河西流转不已。虽如此，汕头建市至今，也只区区百年的时间。

又比如，书中记载潮汕在1949年之前有过两场大的灾难：一场灾难是1922年8月2日的强台风，史称“八二”风灾；

另一场灾难是 1942 年大饥荒。在这一场大饥荒中，潮汕人口锐减了 50 万人。潮阳海门、达濠的灾情最重。我父亲的籍贯便是潮阳海门。这两地渔民众多，沦陷后，渔船大部分损毁，渔民不能自由出海捕鱼，再遇上粮价暴涨，饿死了很多人。据当时各善堂的记录，海门收埋于莲花峰下红沙窟的饿殍，有 11 000 多具。死去的人太多，只得挖了大坑，草草掩埋，便有了地方志上所写的“万人冢”。年少时，我曾跟随父亲回到海门，在莲花峰风景区内“万人冢”前驻足行礼，但对这段历史父亲讲得很是模糊。

书中还写到樟林古港和“红头船”。樟林隶属澄海，樟林古港非常著名。清代中后期，数以万计的劳力从樟林港下“红头船”，到东南亚以及美洲等地“讨”生活。自 1864 年至 1911 年，有 300 万“猪仔”被贩卖到南洋。而在这支逃难大军中，有我的外公，他随众到暹罗（今泰国）当苦力，却不承想脚踩铁钉，因破伤风不治而客死他乡，留下二十岁的外婆在澄海守寡，凭一己之力拉扯大舅舅和妈妈。地方民歌“一溪目汁（眼泪）一船人，一条浴布去过番（异地）”，就是对当时市井景况的写实。

整部简史，有着太多的寻根线索，令人唏嘘。我在喜马拉雅“姚言书事”音频上一连做了三期读书节目推荐，意犹未尽。

记得录音时说，小人物蝼蚁般的命运浮沉，构成跌宕起伏的大历史。这里边，再惊心动魄，回过头，也终是风轻云淡。日子，依旧惯常地过。只是，我们需要频频回望，不能假装遗忘。这段话像是提醒大伙，却也在告诫自己。

2022 年春节过后，我回了一趟汕头。作家马陈兵在老钟叔东海酒家设局招待。他深知我意，便联系了黄挺老师。黄挺是马陈兵的业师，因年事已高，一般谢绝各种饭局。

当晚，严寒下我抵达时，却惊喜地看到，戴着小绒帽的黄挺老师，已坐在厅房沙发里，笑得一脸暖意。呵，眼前，便是潮汕的“历史”。

我有幸位列黄挺老师身旁，饭余不时请益，他答疑解惑，不知疲倦。

2022 年五一，我和大侠再次回到汕头，在李春淮的“持恒书屋”饭聚，马庆才伉俪接了黄挺老师同来，在座的还有汕头大学教授林凯龙，大家品茗把盏，话题不断，相谈甚欢。走时春淮大哥折了持恒的金露树枝让我带回深圳插养，黄挺老师寄语：待来年开出一庭好花。

便想到，人好花香。

这里要交代一句，尽管我连夜争分夺秒刨坑种下金露，但它们还是以“水土不服”宣告移栽失败，“一庭好花”终成念想。

应我的请求，黄挺老师挥墨书写了我们的书斋名“夜书房”，图片发来，大侠直呼“苍劲之美，气象正大，内力充盈，确实难得”。

“夜书房”三字左上方，黄挺老师又写：“虽不能至，心向往之”，是另一方寄语。书当比花更绚烂。我展望，哪天黄挺老师莅临，“夜书房”才是真正开得“一庭好花”。

葛兆光老师曾说，历史每走过一段时间，都会回头看身后的影子，不断地重新理解和解释，是知识和思想更新的过程。黄挺老师正是不断地回头看自己走过的路，不断地调整自己的研究角度，那部著名的《潮汕史》出了上册，不见下册，俨然一例。

坦白讲，区区数面，我承认对黄挺老师知之甚少，正如我只读了简史的《中国与重洋：潮汕简史》，对于大块头的“潮汕史”，未及领略一二。但我还是忍不住写下粗略的见闻和感想，因为，黄挺老师的学术成果及其本人对潮汕文化的影响及贡献，远远未被认识和重视。

张曼菱与布衣父亲

无名之辈，一介布衣。这是张曼菱对父亲的定义。季羡林为张曼菱的父亲写下“无名有品，无位有尊”八字条幅。张曼菱说，像父亲这样的人，在正史中是没有声音没有形象的，这也是她写书的原因。

2009年父亲离世，我猝不及防。此后父亲的话题成了一个禁区，不敢触碰。2021年母亲往生极乐，我忽觉时间已过了十二年。这期间，母亲填补了我失父的空白，成为无处不在的精神支柱。对她的骤然离去，我一反常态地以“碎碎念”方式，不断地自书自话，泣血涕泪地做内心的倾诉、忏悔和告别。

父亲辞世前，我一直以为他时日还多。母亲往生前，我一直以为她会陪伴我长久。我没有也不敢设想过，这一天的真正到来。

写父亲母亲的书，坊间很多。当年看张大春的《聆听父亲》，只觉得这封写给父亲和孩子的家书中，渗透着儿子对父亲的重新理解和深沉的爱。父亲逝后，莫言某次与张大春言，他曾与张父谈及他们父子情深，张父说，多年父子成兄弟，现在他是我哥。张大春闻及泣泪悲叹。

还有止庵的《惜别》，以极大的克制和理性，写他母亲的在生与离世。

坦白讲，我不敢读这一类书，怕揭开自己的伤口，无法抑制。真情之下，总让人有巨大共鸣。

但张曼菱老师的《中国布衣》，却有了一种例外。

这是一本精编版，由三联书店出版，此前的2003年中国工人出版社出版过，2010年北京大学出版社再版。

书中，张曼菱打破了从出生到成长直至年迈的线性记述方式，而是碎片化的，由锑盘、家里的钥匙、游西湖、兰花、阳台、擦皮鞋、接送孙子、毛笔字等诸多细节，勾勒出一位普通父亲并不普通的一生。

是的，在每个女儿的心中，父亲是特别的，突出的，不可取代的，唯一的。

张曼菱的父母皆出身于书香门第，祖父和外公的两支人在当地都是“望族”，父母受到五四启蒙之光的烛照，走出了家庭，追求新知和个性自由。他们身上，旧学和新知互相交融。

然而，人生途中，命运总会跟人开玩笑。张曼菱的父亲也因历史的原因别妻离子，一个人到边远的地方去谋生；妻子留在昆明执教，独自支撑起家庭，培养三个孩子。

张曼菱说，“牺牲自己成全儿女”，其后二十年父母信守承诺。他们守着善良纯洁的人性，一生不改其道。

然而，二十年黄金韶华的“流放”，在荒原上父亲得以保持他的天性和文化的神性，保有他成长的土性和草根性。再归来，尽管依旧是“少年”本色，但对母亲的家教方式强烈地抵触。

父亲母亲，两人的人生方式，在无人过问的乡野山间和政治运动迭起的大学院校，兵分两路，一直一曲。这道裂痕也留在她的身上。她和父亲一样，走过了失落的内心道路，从此变得更加我行我素，文化家庭中的距离就这样由历史造成了。

当父亲晚年成了一个需要靠妻子和儿女的关系来办事的人时，搬新家时他不接家门钥匙；甚至到生命末途，在医院科室主任面前，他嘲讽地对妻子和女儿说，现在全仗着你们的关系了。他手录韩愈《马说》的“马之千里者”，透着一位生活强者在现实面前的辛酸和无奈。

无名之辈，一介布衣。这是张曼菱对父亲的定义。季羡林为张曼菱的父亲写下“无名有品，无位有尊”八字条幅。

张曼菱说，像父亲这样的人，在正史中是没有声音没有形象的，这也是她写书的原因。

书写的过程，对她而言是一种净化。书中的文字是她写作以来最干净的文字。

可以说，父亲的离去，让她真正地成长。她说："这世界很多色彩对我失去了意义。父亲的遗愿和一生旋律成为我延续生命的一部分。"

父亲走后，张曼菱清晰地回忆父亲批评她："怎么你去了海南，就变得如此无情。"

那时她因办公司为商海所裹挟，一些话言不由衷，一些事情难自禁。父亲的忠告让她开始反思，自己的人生，不能一味只认时效、机遇、经济。她决定退出江湖，淡出官场似的文坛，从此，只选择一种只做事不争名分，只写作不问评论的人生。

我在深圳见到张曼菱时，她在北大的讲座正轰动无比，余波荡漾，人们又忆起她谈论她……

她一脸的风轻云淡，那种开阔，有一种天地之气的浩荡。

我在昆明再见到她时，在美如森林公园的住宅小区旁，我们享用了一顿味蕾丰富的云南味道。她依旧慷慨激昂，眉宇间英气捭阖。

听她说话，总是收获良多。

张大春评朱西甯的小说《破晓时分》，说："时至今日，才回过头来讨论朱西甯在四五十年前的作品，使我不免有迟到的歉然之感。"

对《中国布衣》，我也有同样的迟来之感。张曼菱对父亲的深情，让我明白了张曼菱之所以成为张曼菱的原因。恪守本分、有自知之明的父亲是她的缘起、出处，更是她精神的根柢，人生的形塑。

张曼菱家里有一只锑盘，她用来盛放一些鲜果，供奉父亲。父亲的香炉，是她从海南带回来的笔筒。她说："我不以为祭祖是什么迷信，没有祭祀便没有一个民族。"

彦火的“新文学史料”

坦白讲，我对彦火比潘耀明更有兴趣。就像彦火说他这辈子对人更有兴趣。一个撰写文章，生产内容；一个出版文章，出品内容。

终于见到彦火先生。

一下子想到前几年坊间小声窃窃，那一批人的书信流了出来，包括巴金、钱锺书、杨绛、叶圣陶、俞平伯、沈从文、卞之琳、艾青、骆宾基、王蒙、秦牧、顾城、郁风，啧啧，正在广州拍卖行要拍呢……

熟朋友一大堆，互相静默，谁也不知底细。再说拍卖图录上印有彦火先生的头像和简介，委托人这一角色，就不好多猜了。

随后，主角彦火开始在各大报章媒体刊登“严正声明”，义正词严地表达几个意思：一、不知情；二、这批信件是在他转换工作时“流失”的，至于如何“流失”，耐人寻味；三、请拍卖行立即撤拍；四、归还所丢失信件。

我所供职的报纸也进行了相关报道，记得那是 2014 年 12 月 23 日。其间，拍卖行将信件退还给委托方；同时把郁风致彦火的信，连同其他信件进行了拍卖。2015 年 4 月，彦火就自己遗失的名家书信出现拍卖市场一事，聘请律师正式起诉拍卖行，法院立案审理。

本以为事情就顺利结束了。可是，判决结果非彦火所料，一直到 2016 年 12 月 15 日，法院民事判决书依法维持一审判决。也就是说，彦火信件丢失了，一切与他无关。

这中间竟又牵出另一个人来，香港著名文化人方宽烈，有人由他处购得此批信件，而他已于 2007 年去世。

看陈子善老师 1993 年《香港访学日志》，记载道：3 月 20 日上午访罗孚，拍苏曼殊手迹照片。中午与吴其敏、罗孚、罗琅茶聚，与吴其敏笔谈。下午至商务、三联，云拙编《回忆梁实秋》已售缺，殊出意外。晚方宽烈宴请周策纵，出席作陪，同席潘耀明、黄俊东、张双庆。见常宗豪。又在三联巧遇傅葆石。

香港地方巴掌大，彦火与方宽烈当然也是抬头不见低头见的熟人。

似乎成了一个罗生门事件。

这区区十九封信件，与彦火手头上千封名家书信比，不过是一个零头，大可不必大惊小怪。

我着迷的是，名家书信背后彦火与他们的故事，而丢失的信件，没准又是另一篇好玩的文章，说不定哪天彦火自己会破案并道出谜底的。

彦火是香港知名作家、编辑家、出版家潘耀明先生的笔名，它在中国文学史上的名气，估计要比真名来得大一些。这完全源于潘耀明自上世纪七八十年代开始做的中国作家研究。

潘先生祖籍福建南安，两岁时卖给养父母。上世纪五十年代后期，下南洋到菲律宾的养父将他和养母接到香港，那年，他十岁。家庭条件不好，迫使他开始发奋读书。中学毕业后，1966 年他进入《正午报》，从实习生一步步干起，有缘与文史学家曹聚仁相见，受其启发树立了自己的文学志向。而后，到《风光画报》《海洋文艺》当编辑，正是这两个阵地，使他多次回内地访问，幸晤了巴金、钱锺书、萧乾、俞平伯、沈从文、艾青、叶圣陶、卞之琳、骆宾基等一大批当代著名作家，并撰写了大量的文章。这些文章，潘耀明以彦火为笔名，见诸报端，并为世人所知。上世纪八十年代初，50万字的文学评论集《中国当代作家风貌》结集出版，一下子轰动文坛。至今，这本书也成为一个书写文坛人物的标杆。作家李辉曾评说，彦火文章是采访记，是史料辑录，也是学术随笔，甚至还带有散文的抒情与情思，没有学究式的拘谨和死板，也不是肤浅的浮光掠影，或者通常见到的那种门外汉式的答记者问，而是一种独特的文体。

三十多岁就积累了丰富的人脉资源，并与很多著名作家有了私谊结成了朋友，开始了多年的书信往来，这为潘耀明打下了坚实的基础。后他进入香港三联书店，应邀参加美国爱荷华"国际写作计划"、到纽约大学攻读出版杂志学，获硕士学位。回港后，1991年著名报人、小说家金庸通过作家董桥约见潘耀明，聘任其为《明报月刊》的总编辑兼总经理。九十年代中期，金庸出售了《明报月刊》，他跟随到金庸旗下的明河出版有限公司担任董事总经理兼总编辑。不久又重回《明报月刊》，再次主编《明报月刊》，并担任明报出版社、明窗出版社总编辑及总经理。

一连串头衔，掐指算来，《明报月刊》屹立香江五十一年，潘先生从1991年至今主宰沉浮了二十七年。

2018年泉州鲤城酒店里，春日熙熙，映照在沙发上，光影斑驳间，我似乎看到眼前两个人，潘耀明与彦火，平行的两条线在人生的轨道上各自精彩。

不禁好奇，为何起名彦火？

潘先生说，那时候年轻，喜欢火烈、光明。当时的妻子姓颜，另一个笔名有火，于是合起来起名彦火，有时也用艾火，慢慢沿用至今。

坦白讲，我对彦火比潘耀明更有兴趣。就像彦火说他这辈子对人更有兴趣。一个撰写文章，生产内容；一个出版文章，出品内容。

彦火说，中学时就看完了新文学作家的所有作品，对他们有基本的了解。但这些作家消失了近二十年，市面上存在的都是旧资料，很多不准确，还有很多传言。正好上世纪七十年代初吴其敏创办《海洋文艺》，当时内地改革开放不久，便以其为契机和这些作家联系上，写信来往，核实资料，上门拜访，以翔实准确的内容向海外读者介绍内地作家，又利用地缘优势帮内地作家出书推广至海外……

一来二去，就熟了。

“1978 年我踏上祖国大陆，第一个当面访问到的是诗人艾青。他刚从新疆回北京，尚未正式摘帽。”彦火记得告辞时，艾青从床底摸出一个西瓜，说是从新疆运回来的，一定要让他带走。

与曹禺的叙晤，则是 1980 年曹禺访问美国后，他深有感触地向彦火诉苦："每一个来访问的人，都问我最近写什么，我却挺惭愧的，说不出来。……到现在为止，有五篇应酬的稿都压在我头上，曾经有人跟我说过，你的名字老露在报纸上，对你是极不利的现象。"

"文革"后钱锺书先生唯一一篇正式接受访问的文章，便是彦火的采访记。正是这个"第一"让很多人记住了彦火这个名字。彦火说，1981 年仲春，在翻译家冯亦代的介绍下，他们联袂前往钱先生位于北京三里河的寓所拜访，当时钱先生患了慢性支气管炎，但谈笑风生，妙语如珠，谈了想续写《管锥编》的计划和对《谈艺录》的修订。钱先生从来不接受访问，但那天打破了惯例，而他携带了录音机，有备而来，得以把钱先生的谈话录了下来，后来整理成《钱锺书访问记》。记得那次他还建议钱先生可以尝试找助手做一些杂务，以减轻负担，钱先生认真地说："……有过建议说找一个助手帮我写信，但是光写中文信还不成，因为还有不少外国朋友的信，我总不能找几个助手单单帮我写信。并且，老年人更容易自我中心，对助手往往不仅当他是手，甚至当他是'腿'——跑腿，或'脚'，FOOTMAN。这对年轻人是一种'奴役'，我并不认为我是够格的‘大师’，可以享受这种特权。也没有什么东西值得年轻人付了这样的代价来跟我学习。”

对吴祖光，彦火称与之有搭伙之谊。1983 年秋，彦火与吴祖光、茹志鹃、王安忆、陈映真、七等生为同一届的美国爱荷华国际写作计划邀请的华人作家。在那里，每天吴祖光买菜，彦火做饭，搭伴配合得非常默契。“在我认识及相交的芸芸老作家之中，吴祖光是人格最统一、个性最鲜明的作家之一。”

彦火收藏的书信手稿中，有一帧叶圣陶先生的条幅，是他誊写的稼轩词《西江月 · 夜行黄沙道中》。“第一次去拜访叶圣陶老，是 33 年前的 1979 年初秋，叶老已年近九十三岁。”“叶圣陶与弘一大师过往甚密，他的书法以清秀脱俗见称，我曾写信向他求一帧墨宝。1980 年夏，叶圣陶老托友人捎给我一帧条幅。”

还有俞平伯先生的。俞先生 1986 年秋游香港，返北京后，给彦火寄了一张字，内含两副对联。其一是“春水船如天上坐 / 老年花似雾中看”。其二是“安车一往何如春水同舟 / 霜鬓重来以待秋山胜侣”。俞平伯在题注中写道：“一九八六年十一月二十三日游香港太平山同读杜甫诗并呈一联云……十二月二十五日即奉。”而关于此行，俞平伯的外孙韦柰在《旧时月色：俞平伯身边的人和事》中写得很详细：“他第二次演说《红楼梦》是在一九八六年十一月十九日至二十五日在香港。大力促成此事的，是香港著名作家潘耀明（彦火）。他与外祖父的交往始于二十世纪七十年代。外祖父喜他的为人，也喜他的才气，常夸奖他是一个很有作为的青年。一九八六年三月，一次闲谈中，外祖父回忆起他二十年代经香港去美国的事，言谈中流露出对香港的怀念。由此，潘耀明产生了让老人重莅香港的念头，并即刻着手筹划，终获香港中华文化促进中心和香港三联书店之邀。”

汪曾祺 1988 年曾赠彦火一副对联：“刚日读经柔日读史 / 有酒学仙无酒学佛。”早在 1987 年，汪曾祺从美国爱荷华回国，将经港返京，他写信希望彦火接机，信中说：“在美国中西部小城熬了 3 个月，吃鸡没鸡味，吃肉没肉味，已淡出鸟来了。”信末特嘱千万预备一瓶好酒，届时浮一大白也。

莫言也给彦火写过一首诗：“星星之花原上开，引得蜂蝶连袂来；莫道会馆地面小，高朋满座皆贤才。”

关于沈从文与萧乾的师徒恩怨，我是看了彦火的文章，才知道萧乾的文学道路，第一位恩师是沈从文，他的成名作《蚕》，是沈从文把别字誊正了，把虚字去掉，细心修改过的。他的短篇小说集《篱下集》是沈从文亲自写了《题记》。他俩还联名出版了文艺书信集《废邮存底》。但两人之间的纠葛，外人讳莫如深，萧乾 1999 年病逝，生前写了文章《我与沈老关系的澄清——吾师沈从文》，分析了与时代与环境相关的原因。2001 年萧乾夫人文洁若把文章交给彦火于《明报月刊》发表，世人读之唏嘘。

要说彦火这辈子绕不开的一个人，那定是金庸先生。若干年前因金庸一纸聘书，潘耀明接下了《明报月刊》总编辑的重担，从此两人关系非同一般。彦火说："我曾是金庸先生的雇员，现在和他是朋友。金庸先生对我是亦师亦友。"他感念查先生对他的知遇之恩，也钦佩查先生"疑人不用、用人不疑"的企业管理准则。在查先生的起用下，潘耀明放手一搏，提出"泛文学"的概念，把政治、经济纳入文学讨论范畴，并引入广告，把接手前已创刊了二十五年的这本纯文学期刊，从销量由巅峰时的 2 万份下滑至 7 000 份的局面，扭转回 1.5 万份。作家的稿酬也提高了三倍。杂志影响力巨增。

在金庸武侠小说创作六十周年时，彦火在全球发起了"我与金庸——全球华文散文征文奖"活动，踊跃来稿竟达一万多份。

……

彦火感慨，老一辈文人作家经历很多，非常坎坷，但嘴里讲出来却很淡然，没有一丝怨天尤人。他们的品德是现在的年轻人缺乏的。

2011年，香港城市大学举办了“现代文人书画手札特展”，有巴金《随想录》繁体版总序原稿，有俞平伯在八十多岁高龄下写的信札……一百余件彦火个人珍藏的名家书画、信札、手稿面前，历史的册页一面面翻开，泛黄时光浸润着生命尊严，一位位“复活”的文化老人似乎警醒我们：传统、传承、传接……

那是一部部被珍藏的文学史料。正因其轰动，当中一些信件后来丢失，引发了文前提及的官司。

如今回想，任何纷争在历史长河面前，不过是泛起的一朵朵小小浪花，一瞬即逝。唯有文学史料，得以留存。

撰写文学史料的彦火，自身何尝不是一部新文学史料。

王稼句退休

文字下酒，于是倜傥风流。酒桌上，他捭阖岁时旧闻故实，际会天地风云苍生。下笔则古槐庭院，芳草池塘，清炒河虾，若烹小鲜。酒酣昏灯下，人生已然相忘于古今中外的墨色苍茫中，而友朋情谊则青山绿水亘古绵长。

薛冰老师发来一篇文章，题目是《工作餐》。文章写道："稼句忽然冒了一句，说四月里，他满六十周岁，要正式退休了。"

四月，就是现在呵。

王稼句老师要退休了？！

才意识到，稼句老师是有工作单位的，在苏州市文联、苏州杂志社、古吴轩出版社等地方待过……

脑子里一直觉得，他的主业是写作。

记得去年或前年有人问他，出了多少本书？他答，写的、编的、点校的加起来应该有 100 本左右。末了，加一句，策划主编的书不算。

单 2017 年一年，署名“王稼句”的就有五本新书出版，《夜航船上》《纵横姑苏》《人间花木》《坊间艺影》《吴门烟花》。书名个个浸润了江南水乡，潋滟灯影，月落参横，翠鸟啾嘈。加上以前出版的，要想记住姓甚名谁，非得拿个小本本用心写下来不可。在他收发自如的冷笔热笔中，在片楮零墨的新景旧梦里，自有水墨烟影笑语足音，更有金戈铁马气吞山河。

很多人提起稼句老师，都离不开一个“酒”字。酒确实是他的符号和标签，就像提起苏州，都会说他是“苏州名片”“苏州王稼句”“苏州活词典”“王苏州”。回到“酒”上，应该是“无酒不稼句”了。

他的小友王刃本着“做九不做十”的苏州规矩，在稼句大哥五十九岁时给过六十大寿。酒席上，稼句大哥三杯白酒下肚，口吐莲花，纵论古今。深夜十点，他举杯说：“今朝开心，人家服务员也要回家困觉了，大家把杯中酒喝完，散场。”回去的路上，王刃暗自庆幸，今番实在是恰到好处，等下将先生送至听橹小筑，寿宴便可大功告成。得意间，后座传来一句：“王刃，前头寻个地方坐坐，喝两扎啤酒漱漱口，啊好？”

儿童文学家安武林也曾写过，只要酒一到，稼句全部的热情和激情才会如浩瀚的江河一样，滔滔而来。那晚在湖南株洲，他们四个人宵夜，先上一箱啤酒……又再上一箱啤酒……

连年长他十岁的薛冰老师也说，几十年了，稼句一端起酒杯，旁边的人就拦不住他，必得一醉方休。只有我劝他少喝他不会发火，但嬉皮笑脸地耍赖，要么说没喝多少，要么说再喝一杯。

说他喝酒的人多了去了，写他喝酒的文章也多了去了。

这种场景，我亲历过。在深圳，在南京。

去年南京先锋雅集，南北书友齐聚一堂庆祝薛冰陈子善两位老师七十大寿，我第一次诧异地发现，稼句老师主持起偌大场面来竟是如此眼观六路耳听八方统揽全局密不透风——但凡眼风掠过，便能从犄角旮旯里“拎出”某个代表，祝寿道喜敬礼。各个领域，各个地区，各个界别，甚至座位上的各个角落，各个人，都被周全、严谨、细致、入微地顾及到了……彼时，他是主持人，也是总管，还是轴心；是口令的发号者，也是集体步伐的统一者。那晚，一轮轮酒席散去，只剩最后的几位铁杆，累极了一天的他终于把着桌子指着酒瓶，一声令下：喝——

对，“喝”用在王稼句身上，再贴切不过。很多人说他是酒君子，酒正人，酒司令……

我不知道那晚后来他喝了多少，只知道与他同住一屋的书籍设计师周晨，半夜拎着行李着急地跑去找酒店服务员，因为他拿着王稼句给的钥匙，打开门却发现，那是一个杂物间，地上只扔着一个旧床垫，别无他物。而早前来过的稼句老师竟然安之若素地把行李一放，锁上门径直忙他的雅集与酒席。过后多个场合周晨无奈地表达他的同情之理解，于王稼句而言，只要有个地方躺下，管它是杂物间还是标准间，尽管进他的黑甜乡就是了。

生活上不走心不计较，但在文字上创作上，他却自有其严苛的一面。

王稼句 1979 年开始发表作品，那年他还在大学念书。十年后开始出书，有人把他的作品分成两个时期，早期作品以书话为主，《笔桨集》《枕书集》《补读集》《砚尘集》《谈书小笺》《煎药小品》，合称“四集两小”。这在当时的书话界读书界刮起了一阵“王稼句风”，引人注目。

到了 2006 年，他推出《看书琐记》。后记里写道：“近些年来，书话写得少了，因为觉得有点厌气……看看外间的书话铺天盖地，既有我喜欢的，也有并不喜欢的，喜欢的不多，不喜欢的却实在不少，书话已成了一只大箩筐，什么都可以往里装。”

如果这是他的文风开始转向的话，那么，此后陆续出版的

《看书琐记二集》《书生风味》《听橹小集》《看云小集》《采桑小集》《怀土小集》等书，则更多地着眼于苏州历史人文研究，可以视为新四集或新小集。他俨然成了苏州文化的总代言。坊间因而传说，邮件只要写上“苏州王稼句”，必定投递成功。

苏州，无人不识王稼句。

他坦承自己是学知堂老人，“仅是姗姗学步，也明知是学不像的，稍得皮毛，于心足焉”。又是喜欢孙犁、汪曾祺一路的，淡得几无痕迹。对于写作，他认为文章要“耐读”，要给人一点知识、一点道理，否则写了等于白写。“如果纯写个人风花雪月里的感受，与我又有什么关系呢。”

我忘了他说这话的时候，是否在酒桌上。反正，周晨曾发愿要记录整理出一部《稼句酒话》。

稼句老师的书话里，从叶圣陶早年的日记，徐志摩的年谱，王世襄的鸽哨蟋蟀谱，到张兆和的小说和编辑生涯……夜来寂寂杂感遣怀流于笔端。他特别推崇出版大家钟叔河先生，感慨“选家固然需要眼光，眼光之外，实在需要讲究一点编辑的逻辑与艺术”。所以，钟叔河编的《知堂谈吃》里，“谈吃也好，听谈吃也好，重要的并不在吃，而在于谈吃亦即对待现实之生活时的那种气质和风度”极有见地。钟叔河编《儿童杂事诗图笺释》旁及地方文献，野记杂书，故老言谈，友朋通信等，“是我所见的近人著作笺释中最好的一种”。还有作者“怯于投军”插在方阵中怕跟不上队（某百家文库中钟叔河卷）而自除封面另制送人的《偶然集》，“从版本上讲倒还有一点意思”。他甚至引黄裳先生评钟叔河文的笔路风致，可以到东坡、山谷、放翁的题跋里去找。“时至今日，既有如此笔墨，又具如此文体，且能把握如此火候者，实在已是不多见了。”

风日晴和天高云淡，是他所见。我眼里，他却是六朝余韵宋词元曲。

文字下酒，于是倜傥风流。酒桌上，他捭阖岁时旧闻故实，际会天地风云苍生。下笔则古槐庭院，芳草池塘，清炒河虾，若烹小鲜。酒酣昏灯下，人生已然相忘于古今中外的墨色苍茫中，而友朋情谊则青山绿水亘古绵长。

每次忐忑地将新书寄去，稼句老师总是很快回复：书收到，文字好，有想法，云云。

这头我对照他十二年前《看书琐记》的书话“大箩筐说”，不免脸颊发烫，不自觉地将自己也对号入座。

想起先锋书店聚会那天，“薛冰陈子善先生七十寿庆暨南北书话名家金陵雅集”，几个大字貌丰骨劲，味厚神藏，出自稼句老师之手。我的书人系列小六即将交付出版社，书名题写可否也请他帮忙呢？短信发过去，几秒钟后，嘀的一声回复：这些天定奉上。

真的，豪气！

薛冰老师在文章中写道：“风流旷达只是稼句的一面，有如冰山浮在海平面上的八分之一。与《世说》中人不同，稼句在有所不为之外，更是一位有所为的文人。”诚然。

这些年，身边一位位熟识的兄长师友接连退休，记得前年是李辉老师，然后是俞晓群大哥，接着是王稼句老师……

退休，这个界定工作与否的名词，似乎越来越淡泊，越来越无感，因为，与“退休”相关的他们永远是那么忙。于他们而言，不过是换了另一个场所另一个平台另一张书桌，做手头怎么也做不完的事情而已。案头灯下，总有风月绝响。

所以，王稼句老师要退休，我一点也不惊诧。这不是新闻。退不退休又有什么区别呢？

像李辉老师，退休前还能“闲闲”地在《人民日报》办公桌前写写文章，退休后，不是在去张掖路上，就是在大象出版社内；不是在深圳新书的活动现场，就是在六根故乡行中……像个陀螺，转个不停。风雅颂书店的连真请他参加泉州蟳埔渔村的“妈祖巡香”，他都排不出档期。

王稼句老师想必也一样。

据说单庆祝退休，稼句老师已经喝了七顿酒，到我写这篇文章，估计数字还在变化。可喜的是，薛老师说稼句现在有节制了，“酒喝得很文明”。

想起夏承焘的长短句：“短策暂辞奔竞场，同来此地乞清凉。若能杯水如名淡，应信村茶比酒香。无一语，答秋光，愁边征雁忽成行。中年只有看山感，西北阑干半夕阳。”因退休故，借诗为稼句老师助兴，权当一片心意，无它。

（注：文章写于 2018 年）

倪为国的六个瞬间

何谓“六点”？倪为国解释很多次了。我每次都仔细再仔细地盯着那个符号——六点。他有一套解释理论：在现代汉语表达方式中是省略号，象征着无限和绝对；六点，时间上平分钟表盘，不偏不倚；六点，军事术语中即原点——思想的战场风云变幻，我自岿然不动。

（一）

那个下午，华东师范大学出版社 2019 年好书评选进入终评环节，评委们正要投票，门口一阵风，闪进一人，夹带着寒意，从怀里急急掏出三本书，说：“暖暖出炉，想着赶紧给大伙看看，嘿嘿，没预备参评。”

此人，正是华东师范大学出版社“六点图书”主理人倪为国。书，是“六点”刚推出的“快与慢”文丛中的三种。

他像是不小心闯进一个游戏场地似的，一副很无知的样子。

但显而易见，因“知”故而“不知”，他继续堂而皇之地介绍起来，原来有“轻与重”，现在又推出“快与慢”。前者尝试构筑一个“常识”的水库，后者就像打一口“问题”的深井，更关注古今之变带来的古今之辩。

这个很有蛊惑力，大家一下子被吸引到新来的书上，眼前，明晃晃三本——《透明与障碍：论让-雅克·卢梭》《哲学的开端》《作为激情的爱情：关于亲密性编码》。

可以想象，那天决出的二十强，尼克拉斯·卢曼的《作为激情的爱情：关于亲密性编码》顺理成章地登上了榜单。

作为一位强势的“闯入者”，倪为国已意不在此，他眼光狐疑，一个劲地叨叨，《哲学的开端》《透明与障碍：论让-雅克·卢梭》也很好。似乎在找答案，为何评委更看好卢曼，而不是斯塔罗宾斯基或伽达默尔？

（二）

那一晚，餐桌前，菜一道道上。

倪为国不断地介绍这个不错那个好吃，我在旁边就停不下筷子。

他不怎么吃。倒是烟，一根接着一根抽。

我对烟是有免疫力的，因为家里曾经有一位老烟枪，一天两包的节奏，尽管后来戒了，但养成了我对烟有极高的宽容度。

倪老师的烟，颇有特点。一开始吸得比较彻底，缓慢地，悠长地，深深一口，再意犹未尽地吐出来。

他时刻在“六点”图书里打转。烟只是催化剂。这不，他吐出一口烟圈，说，后边有一本大书出来，是一位奥地利作家，用德语写作，以小说、百科辞书、日记、录音稿、漫画五种不同的体裁，以第一人称叙事，创作同一个故事。每种写法独立成书，一共是五卷本。目前深圳大学的一位学者正在翻译。很值得关注。

说着，又燃起一根烟。这次的烟圈很有一股凝聚力，很长一阵子没有散尽。

每一支烟拿起，思绪的频道就换一个。桌子对面坐着刘苏里老师，倪为国脸一转，突然来一句，你觉得《政治观念史稿》怎么样？

这是八卷本的大部头，今年“六点”又推出修订版，第一卷和第七卷重新修订。浩浩荡荡一大套，还需要什么答案呢。苏里老师悠悠地笑着。眼光里，尽是星星月亮之类，似乎隐喻了两百年来西方学界传统观念的启蒙。当作者沃格林遭遇丛书主编刘小枫，会是什么反应？

倪为国又从烟盒里掏出一根烟，他又在琢磨下一个话题。

后来我默默地算了一下，几乎三分钟不到，他就抽掉一根烟。短短的二十多分钟里，十根烟命殒烟灰缸。而这一系列动作，倪老师是无意识的，手起烟落的过程，不过只是一种思维惯性。

（三）

那一年，1 月份的北京，经济观察报社、经济观察报·书评主办的“巨变时代：文明与信心——经济观察报·书评 2018 年度好书榜盛典”上，舞台的聚光灯打到倪为国的身上，低檐的帽子，黑粗框的眼镜，格纹的围巾，像标配，把一个常年在书海出没的“上海人”渲染得格外柔和。

《经济观察报》2018 年“年度致敬出版人”，颁给了他。

颁奖词有一股慷慨悲歌之气：在中国卷入世界的过程中，我们常常把书籍比作工具或武器，功利主义地把经典作品作为现实世界的指路人。同时，日益专业化的学术训练和学术作品常常使读者忘记了学术作为一种志业最初始的追求：对于观念世界的自由探索、通过审视过去而永葆开放的心灵。这也是在博雅谱系下，西方古典学术作品在中国引介与传播所具有的积极意义。倪为国先生主理的六点丛书，其中的“经典与解释”丛书、“六点评论”、“轻与重文丛”、“圣经图书馆”，都指向了共同的内涵——物质进步与商业文明下成长的大众，依旧需要经典的阅读获得道德与文明的进步。这也是出版人通过编辑与作品所寄托的理想，无论是何时走向世界，我们都需要阅读经典——这不应是一种工具性追求，而是热爱智慧的情趣与探索精神自由的勇气。

说他是“六点”的父亲，不为过。

何谓“六点”？倪为国解释很多次了。我每次都仔细再仔细地盯着那个符号——六点。他有一套解释理论：在现代汉语表达方式中是省略号，象征着无限和绝对；六点，时间上平分钟表盘，不偏不倚；六点，军事术语中即原点——思想的战场风云变幻，我自岿然不动。

“六点”，代表了一种立场。立场的背后，凸显着一种价值观。价值观的背后，饱含着鲜明的文化理想和文化趣味。而这“六点”，分明就是倪为国本人。

（四）

那一次讲演，我对倪为国、对“六点”留下了深刻的印象。

那是 2013 年，一个火热的出版年代。由北京大学、外研社、百道网、《出版人》、《出版广角》共同举办的博雅出版论坛第七期，邀请了三代出版人共话“编辑人的文化理想与商业理性”这一经典话题。有三联书店前总经理、《读书》杂志前总编辑董秀玉，有倪为国，还有中华书局的徐卫东。

“文化理想”和“商业理性”一直是一对矛盾，难以调和。而在市场面前，很多理想低下头颅，同时为自己妥协和背叛寻找支撑，发明了很多变通的理论依据。

倪为国的发言，却让我引为同好。

在那个论坛上，他说，商业理性关心的不是书的内容，只关心能不能卖，能不能赢利。所以商业理性始终需要做加法。加各种各样的营销，请各类名人大V护航，只要能卖，加什么都可以。而理想，可以是彼岸的东西，没有实现没有关系，却可以守护坚持。

要知道，当时的“六点”，其实还在扑腾中。

哪怕起步阶段，理想与商业，就给了倪为国一次很大的考验。

当时，“六点”做了一本悬疑小说《非人》，作者是意大利影、视、歌三栖名人。书一连印了5万本，很火爆。意大利出版社一看利好，马上推荐作者的第二本书《眼见为实》。然而，出版商想不到的是，彼岸的老倪却断然拒绝了。理由有点可笑——“这样的书，不是我的理想。”

傻吧。在钱的面前谈什么理想。

但倪为国很清醒，“一本人人都会冲着利益去做的书，这样的书是完全无法承载理想的”。

这个很对路，我心里暗暗舒了一口气。

在他看来，畅销意味着向大众献媚。一个真正优秀的学者或优秀作者是不会向大众“低头”的。向大众低头的人有两种人：政客和所谓的“文人”。他这个发言，会得罪很多人，尽管这些人不会对号入座。

倪为国是不低头的，他用鼻子对畅销二字保持了一份警惕。

而为了理想，他会去做别人看来费力不讨好甚至很冒险的事情。

同样是“六点”创立初期，倪为国想出版《徐梵澄文集》。要知道，对大众来说，2000 年初徐梵澄还是一个相对陌生的名字，尽管他精通 8 种古今语言，会通中、西、印三大文化，尝试以“精神哲学”重新阐释古典，被誉为“现代玄奘”。我是在扬之水老师与陆灏合著的《梵澄先生》里对他有更多的认知的。所幸，倪为国一根筋坚持了下去，到目前为止，《徐梵澄文集》已出版了 16 卷，几乎包含了他所有的著作、译作。我不知道还有哪个出版社比他做得更完备、更全面。

现实和彼岸，在倪为国身上，有强烈的非黑即白的个人烙印，无需选择。

（五）

那一次，我主动加了倪为国的微信。作为一个害羞的慢热者，这番举动有点反常。

奔着“六点”的书，我想，倪为国这个名字就值得致敬。我心里致敬的人还有很多，比如三辉的严搏非。他点燃的彼岸的亮光，这些年从来没有熄灭过。要做到这一点，其实很难、很难。

在市场这头猛兽面前，想靠理想甚至梦想存活，没有底气，没有锐气，没有勇气，没有傻气，基本就是歇菜空谈。

每一个选题你都会亲自选定吗？我充满好奇。问题很稚嫩，就像问一个足球教练，你也踢球吗？确实，“六点”的书，不是西方经典人文学术作品的译介，就是国内一流学术专著。“经典与解释”、“轻与重文丛”、“六点评论”、“六点音乐译丛”，以及刚刚推出的“快与慢文丛”……那么多类别的书，那么多好书，倪为国的精力是如何分配的，肯定不止我一个人想知道。

他又燃起一根烟，吐着烟圈，目光悠远。

记起他曾经告诉业界的编辑，你写不出历史书，但你能判断什么样的史书是好的，什么是不好的。有了这个能力，编者与作者之间会产生一种张力，你会知道你的作者群在哪里。好的编辑心目中只有作者，好的作者心目中自然会有读者。编辑与读者的关系是通过作者建构起来的。因为没有作者就没有读者，不同作者会有不同的读者圈。

我于是理解，你不需要想着读者在哪里，书是给谁看的，市场好不好卖，起印数多少……这些不是你该想的。作为一个做书人，出书人，你只要想着你的作者在哪里，就可以了。

相当简单明了。

也就是按倪为国的逻辑，有立场，你就会对作者做出选择，对选题做出取舍。有立场，你就会知道，你的作者群在哪里，你要的选题是什么。有了立场，你就会明白，哪些书应该引进，值得引进，哪些书不该引进，哪些书应当拒绝。

作者是基础，立场是根本。

有了好的作者，书可以做大做强。所谓做大，并非书卖得越多，品种越多，就越大。所谓做强，是你的作者能够提供影响一代人，甚至几代人的作品。

这个道理就像吐出的烟圈，虚无且缥缈，但令人着迷。

（六）

那一本本影响一代人，甚至几代人的书，倪为国攒足了劲，等待，等待，等待。

等得最长的是《中国学术编年》（9卷12册）。这一套书，自1985年《清代学术编年》研究项目启动，几经搁浅，到2012年《中国学术编年》的最终告竣，倪为国一等就是二十年。中间他经历了从上海人民出版社到上海三联书店，从创立“六点”学术出版品牌到掌舵华东师范大学出版社麾下“六点”图书的出版历程。

正是他建议由清代往上追溯，打通各代，才有了这部从《清代学术编年》变为《中国学术编年》的大部头。上起华夏民族的传说时代，下迄中国帝制的最后终结，共1 000余万言。这是学术界首次以编年的形式对中国通代学术发展史的系统梳理，具有填补空白的学术价值与盛世修典的标志性意义。

书印出来时，倪为国眼泪都快掉下来了。他不得不承认，这二十年，他们真的是咬紧牙关、历经酸甜苦辣坚持下来的。

等待的还有乔伊斯的《芬尼根的守灵夜》。这套书的第一卷，他守候了八年。译者戴从容被倪为国打动的是“你不翻译《芬尼根的守灵夜》，中国的读者就不会有多少人去读这本书”。她硬着头皮啃了下来，觉得自己不仅是在读乔伊斯，也是跟着乔伊斯一起挑战自己。这期间她生了小孩，译成时小孩上了小学。翻译家文洁若就评价说这比她译《尤利西斯》难。日本曾经有三个人先后翻译《芬尼根的守灵夜》，第一个失踪了，第二个神经出了毛病，第三个才译完，但最后出来的日译本的注释也没有戴从容的详尽。

等待的还有《当代中国文学史稿》三卷本。这一等，就是十五年。

等待的还有……

等待的书，这些年结集而来。麦考米克的《马基雅维利式民主》、陈朝爵的《〈左传〉读法两种》、施特劳斯的《古典政治哲学引论》《西塞罗的政治哲学》、伯纳德特的《美之在：柏拉图的〈泰阿泰德〉、〈智术师〉与〈治邦者〉》、尼采的《古修辞讲稿》、保罗·利科的《记忆，历史，遗忘》、唐纳德·利文斯顿的《休谟的日常生活哲学》、让-皮埃尔·里夏尔的《普鲁斯特与感性世界》、雅克·勒布朗的《逊政君主论》、玛丽埃尔·马瑟的《阅读：存在的风格》、让·斯塔罗宾斯基的《透明与障碍：论让-雅克·卢梭》、伽达默尔的《哲学的开端》、尼克拉斯·卢曼的《作为激情的爱情：关于亲密性编码》……

这些都只是"六点"精良部队的只鳞片甲。

倪为国像一位将军，在"六点"指挥若定，开疆拓土。

"经典与解释"是"六点"最重要的学术品牌，十余年来累计出版了近400种书。"六点评论"是倪为国2011年创立的原创学术书品牌，学术旨趣在于关注中国问题，重铸中国故事。倪为国明确每本书回答一个问题、解读一个文本或一段历史、研究一个人物或一个事件，篇幅限定在5万至7万字。他希望用“六点评论”来倡导一种新的文风，改变目前汉语学术界动辄篇幅数十万字甚至逾百万字的学风。而创立“六点音乐”，缘于偶然结识上海音乐学院副院长杨燕迪教授，进而又团结了一批音乐理论界人士。到我写此文时，他已出版了《古典风格：海顿、莫扎特、贝多芬》《论巴赫》《反思音乐与音乐史》等20多本译著，被誉为改革开放以来汉语学界最有影响力的音乐书系。倪为国还说，他们目前正关注一个新的领域，即非洲和非洲问题，涉及非洲语言的小说、诗歌、文化、历史。

一个个光环，实至名归地落到“六点”头上。

2019年1月，《出版人》杂志联合北京开卷发起的“2018书业年度评选”颁奖礼上，重磅经典《国王的两个身体》获“2018书业年度评选·年度图书”荣誉。这是恩斯特·康托洛维茨积十年之功，以其博学和睿智打造的一部中世纪政治史作品。

它是在原作出版六十年后迎来的首个中译本。原书固然重要，更重要的是，译本将该书在文献引用方面的大量拉丁语信息保留在注释之中，而且为了保持完整，注释篇幅比一般著作还要长。

2019年11月，华东师范大学出版社“2019年好书评选”

的前二十强中，《身体的历史》（修订版，3卷）、《政治观念史稿》（修订本，8卷）、《作为激情的爱情：关于亲密性编码》、《弗洛伊德传》、《差异与重复》、《虚无主义：哲学反思》、《立法的尊严》榜上有名，这七本都是“六点”小伙伴。7∶20，又是一份漂亮的成绩单。

这些年，“六点”新书品种从最初的十余种，发展到今天近八十种，累计出书千余种。

每本书都像是倪为国的孩子，每一个孩子都非常优秀。而作为老父亲，倪为国会为了自己的孩子，拿命去拼。就像他夹着寒风揣着刚出炉的新书，冲进会议室，一一亮相。

［补记：本文写于2019年。2022年秋天，整理《书风八面》书稿时，我在微信上联系倪为国老师，核对文中一些事实。前文倪老师所说的大书，即奥地利作家菲利普·怀斯（Philipp Weiss）的长篇小说处女作《人们坐在世界边缘，大笑》。据说这部共5卷、洋洋洒洒1064页的巨著，2018年在法兰克福书展一鸣惊人，震动德语文坛。中文版即将面世，倪老师发给我一篇导言，里边为读者普及了关于此书的三种读法。单看导言，此书就值得期待。倪老师说，到时你可以与译者联系，做一个专访。你们会成为朋友。言谈中他那份对书对人的热乎劲头，让我仿佛回到2019年华东师范大学出版社的评书现场，专业、热烈、信心满满。倪老师说自己手头还有“牛津音乐史”等几个大工程，正投入全部精力……但他快要退休了，虽说手头的事情永远做不完，但明年是一定

要退休了。不知怎么又聊起抽烟，倪老师呵呵地笑，说现在他已改抽电子烟了……其实，烟对于倪老师，只是一个思维开动所借助的道具，一个思想流动的象征，一个对理想追求永不放弃的抓手。我很清楚，他慷慨激昂时，手上的烟是根本不存在的。]

那个人，是刘擎吗？

之所以愿意参加综艺，我想，主要原因还是刘擎所说的“公共论说无论如何雄辩，在本质上应当是一场对话（《做一个清醒的现代人》）”。当下风云际会，时代焦灼，每个人都需要在诘问与自我诘问中，保有节制和审慎的智识美德。因此，在公共场域，个体与大众对话，个体与自身对话，尤为必要。

八卦岭，夜里十点多，车流滚滚。

我们进到一家专门喝粥的夜宵店，午夜的生意像现煲的粥一样滚烫红火。

刚上二楼，一楼传来消息：有食客问，刚才走过去的是刘擎吗？

这里可是深圳最老的街区，吃店食肆皆属老字号老招牌老味道。挤挤攘攘皆市井土著，竟然有人识得远在上海，一般只能在学院高墙里或是电视节目中才得一见的著名学者刘擎。

只能说，从学术明星转向网红大咖、偶像男神的刘擎老师，辨识度太高了，茫茫人海中一眼便能被发现。

刘擎老师很会自嘲，说签售时，有人上来就问，你是薛兆丰吧？再一看书封，噢，不对，是刘擎。

这话像段子。他接着说，有次迎面一人走来，指着他对别人说，这个人长得像刘擎。他自己做好准备回应：我才不是刘擎呢。

哈哈，这话还是像段子。

但确实都是真实发生的，而且次数还不少。

李清扬说，刘擎老师有那种老少通吃的魅力。李清扬是《技术与文明》扉页上张笑宇献书的人（张笑宇太太）。这位做得一手好菜的云南妹子，与张笑宇总能唱和相随，这不，张笑宇马上补充，刘擎老师人真的太好了。

怎么好法？李清扬举了一个刚刚发生的例子：在中心书城活动现场，有一个环节是刘擎与张笑宇对谈，因是刘擎新书首发，主办方把《做一个清醒的现代人》放前边显要位置，把《技术与文明》略放后边。刘擎注意到了，很自然地手调了一下书的前后顺序。

不奇怪，“领导”一般都“先人后已”嘛。

张笑宇对外介绍刘擎，我“领导”。指的他俩是华东师范大学世界政治研究中心主任与研究员的关系，也指他俩在“大观”里前后浪关系。

“大观”是个什么东西，他们说，指的是一群志同道合的学术青年。

可刘擎焕发出青春，并不是“大观”的功劳，而是《奇葩说》。

自从当了《奇葩说》导师，刘擎“梅开二度”，人气指数火箭般急剧上升。尤其那一期与薛兆丰“互撑”，他自带节奏，不火不愠；又观点频出，分寸得当，让很多人由路转粉。

大侠撇清说：“我可早就是刘老师的学生了，一直在‘得到’听课。”刘擎诧异。大侠坏笑，有时你的小孩子在旁边耍闹，节目里都能听到。哈哈。这一点不得不承认，确有其事。

被罗胖忽悠到“得到”讲西方现代思想40讲，又被马东拉到《奇葩说》，公众演绎，对一个严肃学者而言，这又是什么样的心路历程呢？

可以说，刘擎并不惧舞台和聚光灯。他小时候就着迷于莎士比亚戏剧，后有广泛阅读储备打底，并具学术训练经验，又有演讲、辩论和剧作表演的实操，人前的表达能力、表现能力比其他学者更显得心应手。之所以愿意参加综艺，我想，主要原因还是刘擎所说的“公共论说无论如何雄辩，在本质上应当是一场对话（《做一个清醒的现代人》）”。当下风云际会，时代焦灼，每个人都需要在诘问与自我诘问中，保有节制和审慎的智识美德。因此，在公共场域，个体与大众对话，个体与自身对话，尤为必要。

这不，学者明星征途上，便多了一个时时兴兴的身影。刘擎本来吓唬马东，会搞砸的，却没想到一举试水成功。也是，刘擎什么时候口齿不清过呵。

你完全可以想象，哲学家马库斯·加布里埃尔的案例像是为他量身定制：“流行并不注定流于肤浅。严肃的哲学家依然可以吸引广泛的读者而无须变得圆滑或肤浅。”

所以，也就不奇怪路人频频驻足发问，那个人，是刘擎吗？

在一张桌上吃饭，刘擎长着一张娃娃脸，笑起来像小朋友。大侠一脸风霜，头发似灰白挑染，像极诗人大草的名句“白菜顶着雪”。乍一看两人真有点年龄差距，刘擎问，你是哪年的？大侠答，1963 年。哈，满桌喝彩。两人同年。

深圳这个地方，总是人无我有地搞一些新意思。比如，别出心裁地成立了一个全国新书首发中心，让重磅好书第一时间亮相。这无疑是一个创举。那么，第一炮该由谁来打响呢？按首发中心的立意，即需要一个置身于时代又能旁观时代的标志性人物，为读者开启关于新书的航程。思量良久，主办方决定邀请时下人气爆棚的刘擎担纲，因为他的新书《做一个清醒的现代人》刚刚出版。

活动预告声明，读者购书后可得一张入场券，于中心书城大台阶入座，讲座后排队签名。

若换平时，设置了此等门槛，习惯于各种免费的读者听讲的兴趣会大打折扣。可出乎我的意料，现场里三层外三层人围得满满当当，阶梯坐满不说，外边还排起了长龙。四月天里，深圳书迷的热情，把现场温度烧了上去。对谈嘉宾之一的张笑宇，额头不断冒汗。更不消说台上几个小时演说的刘擎，衬衣早被汗透。

书城见此阵势，专门将下班时间往后调整了半个小时。排队签名的粉丝一排又一排，从大台阶上走下来一拨，又有一拨自动入座等候。

在场的人，估计跟我一样感慨，真不要小瞧学术的生命力。

对，真不要小瞧刘擎的感召力。

我问张笑宇，这是刘擎老师第几次来深圳？

他说，来过二十多次了。

那么，这是刘老师第一次头也不抬地签了五六百本书吧。

刘擎老师以他惯有的幽默说，才不是呢，上次有出版社让签八千本，足足埋头了两三天。

话音里透着小小得意。

大致数了一下，这一年以来，刘擎老师共出版了四本书：《纷争的年代》(老书重印)、《西方现代思想 40 讲》、《2000 年以来的西方》和这次首发的《做一个清醒的现代人》。坦白讲，这些书都有其共性——着眼于现代西方思想的知识图景，着迷于西方社会中变化的价值观念，着重于以历史意识和现实关怀重建我们对未来的想象。

我开玩笑，前四个月四本，5 月份是不是有第五本?

没有没有。

那么，第五本我们想好了，叫《擎话》。

这是李清扬起的书名，在大侠《擎天霹雳话》的基础上完善的。

刘擎的金句，张口即来，源源不断，不记录不出版，委实可惜。

我们便献计献策，赶紧让“一页”盯紧了。旁边随即有声响。一想不对，做东的是新书的出版方博集天卷。其实，饭桌上还有第三个出版方，大侠所在的深圳报业集团出版社。都虎视眈眈。

大家又起哄，刘擎老师下次出行，配保镖，戴墨镜，扮路人，省得被盯。

出饭店时，夜已深，想起刘擎老师书中那一句“分裂与离散开始主导时代潮流，人们讲述着各自不同的‘小故事’，而‘大写的历史’似乎已消失隐匿（《2000年以来的西方》）”。

抬头，呵，一钩新月天如水。

（注：此文写于2020年）

不像潮汕人的潮汕人马陈兵

这些年，一部部重磅大作横空出世，《带着花椒去上朝：古杀十九式》《提头来见：中国首级文化史》，对“首级”“古杀”做了自己创新之理解，从而坐实了“史家”“作家”头衔（后边排队出版的还有《人中吕布：中国养子文化史》）。研究切入点奇形怪状，一副人无我有、奈我何如的傲娇姿态。

坦白讲，马陈兵刷新了我对潮汕人的认知。

在此之前，我印象中的潮汕人，多保守含蓄低调，属“闷声赚大钱”之类，连最亲密的母子或是恋人，也少有公开示“爱”之表达。一切大音希声，大象无形。

可马陈兵非我族类，嗓门大，姿态足，咳嗽一下都想地动山摇。

他自我标榜是远活者，不惑之年后辞别一切，悟道远行，有一种与故乡过往割裂的决心，又有一副撞了南墙也誓不回头的勇猛。人称“野马”，不可调教，难以驯服。

近二十年江湖游荡，这中间该隐过多少省略号，唯有马陈兵自知冷暖。可他非等闲之辈，严于律己，该出手时就出手。拿主业写作来说，这些年，一部部重磅大作横空出世，《带着花椒去上朝：古杀十九式》《提头来见：中国首级文化史》，对“首级”“古杀”做了自己创新之理解，从而坐实了“史家”“作家”头衔（后边排队出版的还有《人中吕布：中国养子文化史》）。研究切入点奇形怪状，一副人无我有、奈我何如的傲娇姿态。可他做人又不屑于整齐划一、平稳单调，画画、书法、写诗、制瓷，只要能算上副业的都多有涉及，还小有成绩，于是乎，又被冠以“艺术家”“诗人”。

可戴的帽子还有很多，因马陈兵某一年突发奇想剃了光头，此后以刀片自行了断“烦恼丝”，像告别潮汕一样隆重告别理发屋。自此，光头以备不时之需，名头随时可圈可点。来者不拒，愿者上钩。

可要是以为马陈兵“守株待兔”，就大错特错了。马老师从来不被动，而是娴熟老到的文化“狙击手”，伺机而动，百发百中。

马陈兵爱猫，在圈里是出了名的。他自诩猫民代表。多年画猫，储存了很多猫图，“基数近千，废画成篓”。对于画画这事儿，他可有话讲了：本人肯定是当下写书人中猫画得最好的，又是画猫人中最能写文章的。

嗓门够大吧？一点都不像潮汕人。

他从中挑了一百多幅较为满意的，筹备 2022 年 6 月份上海的画展（可惜疫情缘故推迟）。

有了展览的原动力，几乎三天两头他就捣腾出一幅猫图，有约会的猫，耍酷的猫，踏遍青山的猫，虎虎生威的猫……花瓶上画猫，折扇中写猫，丝巾里印猫，茶杯、菜盘、碗碟……一切器皿载物，无所不尽其极，皆为猫用。

每成一幅，他必深情沉浸其中，也不忘豪情对外吆喝。比如大花瓶的猫，是他“迄今为止画得最好的釉下五彩的猫”。比如“东海一桌菜”，12 款精心研制的菜式，上了青花餐具，各美其美，美美与共。其中一个盘子上的老钟叔（汕头著名东海酒家创办人），“回望潮食天下客，泯然一笑百媚生”。比如手绘的“夜书房”“姚言书事”青花瓷盖碗、茶杯、茶盘，及一对“侠客行”镇纸，浓淡相宜，皆“世上独一份，收藏专属”。连出版人老六，也“身正气满”上了他的猫图，形难似而神似。

因画了猫，马陈兵动念写猫文。其实马氏与猫言，早已有之。2008 年在杭州做展览时，他自印了一本小册子《猫民代表杭州画记》助兴，这算是他作品中猫书处女作，至今存放汕头家里。

定居杭州后，与猫周旋不止。据说马陈兵此前的第二任太太，便是被他画猫所“套牢”，两人因猫结成连理。为此，他也写了很多关于她的猫诗。我曾不知深浅地问，现在画猫写猫，是对“负”的一种追悔吗？答，非也。

如今，马陈兵重拾“猫记”，以猫为线索，搭建架构，“猫于我，不仅是作画的主要题材和对象。自我而言，我并非世俗生活或泛爱意义上合格的、自觉的‘猫奴’，负于猫者甚多，但猫作为我生途中一位不速之客，偏偏折射、参纠着我中年以后在江南渐次展开的个人史”。“必须不时直面、裸呈灵魂与行藏的幽暗处，这不仅关乎写作的真伪与价值，也考验那事实修炼了我许多年的‘孤毒’之力。”

说是写猫，实则审视过往，格式化人生，释放内存。当属强身健体的一种养生之道。正如夸他练就全身武艺像个江湖武林高手，他会迎面来一句：不这样，去哪找饭吃？

没有了体制内的医保，猫画猫文便是定期自我体检，既经济适用又安全高效，属于自保。

他开始在公众号“异史氏”上连载，前四篇是《这个世界会妙吗：杭州猫记》，到第五篇改成《这个世界会妙吗：一百只很摆谱的猫》。小五题为《小青：一只猫从林间空地蹿进月亮》，极尽柔情似水，里边的女主角以字母代替。

这里复制一段以飨诸位看客：“我有几分像台上法海，老衲心知肚明。分手四五年，现在想来，W 倒真是清纯孤绝的天人尤物，天生三分白蛇五分小青，还有二分非白非青，出世离尘不可名状。是我负她，错过。”

马陈兵如何负 W，可惜文内一笔带过，没有交代。如是，字母一一换过，每段情都像阎连科老师的《炸裂志》，稍纵即逝。

一个诚实至此的人，内心足见无邪坦荡。想到马老师让提意见，我便不知轻重：会不会又写出另一个胡兰成呢？

遥想当年张爱玲的温州“夜明珠”，因胡绽放。哪怕离别几十年后，也终究放不下，半白不白地写出《小团圆》，以正名清誉，却只落得事倍功半。

马陈兵当然不会掉进我设的“坑”，他以“马猫成”自居，继续谱写他的情史忏悔录：“隔江山色薄于酒，对面佳人远如天。应忘此生曾相识，回眸已过百年边。”

他戏言，若画展成功，画大卖，便让牵个线，看有没什么奇迹出现。而现在，搁置争议，他先去赚足媒人钱再说。

傻子闭眼都可猜到，从西湖畔到上海滩，区区 26 个英文字母，如云的美女断是怎么也排不上队的。除非像理想国的 M 译丛，陆智昌先生做无限变形计，才能满足不断扩展出版的书封面需求。

能活得如此恣情肆意，很不像潮汕人。

可话说回来，再远游，马陈兵也脱离不了潮汕人的烙印。

这里爆个小料，马陈兵还是我的“组织”介绍人。

啥组织？嘿嘿，汕头文化帮。

有例为证。

马陈兵新书《潮汕往事》今年初在三联刊行出品。这部书着重于他的潮汕记忆，以及对潮汕民间话语的搜集整理印证和联想，相当于考古学家深入古墓深穴，抢救濒临失传的民间语言“文物”。从细碎脏乱的泥沙中，理出若干清晰利索的线头，工程十分艰巨浩大。

因了书，也因了海门元素（我父亲籍贯海门，马陈兵生于海门）亲上加亲的乡亲缘故，我四下推荐，从刊发书评到书消息到书摘到书序到书后记，从新媒体平台 ZAKER 到网易到深圳 + 到喜马拉雅音频，多形态多维度亮相《潮汕往事》。

每个链接发出，马陈兵都拱手回应：“连夜推出且花开续续，一时老泪纵横。”“这样的老乡，海门龙王该早二十年给我一打，噢，不，一个。”“有这样锦心绣口的乡亲，远活之道不孤。”……

这些属于应时应景的场面客套话，听者如我颇为受用，照单全收。

当时我们尚未谋面。

汕头于我，说来五味杂陈。年少离家求学，之后定居外地。父母相继作古后，顿然回首，惊觉亏欠于他们太多太多，接连发现对于家乡，不只陌生而且浑然无知。自 2021 年底至今年始，我开始“饥饿”般接触关于潮汕的书籍，先是马陈兵老师的《潮汕往事》，继而黄挺老师的《中国与重洋：潮汕简史》，林凯龙老师的《潮汕古厝》《潮汕古俗》，钟成泉老师的《潮菜心解》，等等。

这里边马陈兵最早认识。因职业缘故，我一直在媒体做荐书工作，早在三联出品的《提头来见：中国首级文化史》《带着花椒去上朝：古杀十九式》中识得马老师大名；后见《潮汕往事》，如获至宝，便通过原三联徐国强老师介绍牵上线。

记得微信验证通过后，我的第一句话是：马老师有认识潮汕看墓地的风水先生吗？

对话框里静默若干秒，估计马陈兵始料未及，这样的开场白史无前例。

答案当然是否定的。几天后就是春节了，这种“不情之请”，谁也无法帮忙。何况在古民俗甚为讲究的潮汕地区。

我之所以如此这般，是内心深处认定唯有父母才是我踏上回家之路的必要理由。为他们寻找墓地，是悬在心头的重任，我为此昼夜不安。

于是约定，年后汕头见。

元宵后，我依约回到汕头，在以风水学见长的林凯龙老师帮助下，完成了购买父母墓地的心愿。

当晚，马陈兵在老钟叔驰名天下的东海酒家，设局宴请了我这个同属于“远活者”的汕头女儿，席间，我见到久仰的黄挺、老钟叔、马庆才、李春淮等诸位老师。我的学友，已是汕头媒体大佬的陈益群也拨冗赴宴。一起在座的还有当天下午一直陪同的林凯龙老师和知名企业家林涛同学。

那一顿饭熠熠生辉。马老师送我一幅名为“悍将”的大黑猫画，目光炯炯。大家逐一在上边签名。此画甚为可贵，准备挂在我们汕头东海岸新家当镇宅之物。

隔天，马陈兵在汕头合胜书店做了新书发布后，邀请我一起赴妈屿岛参观正在兴建的妈屿蓝合胜书店，当时他和岸云一句“离海最近的书店”，让我心向往之。事实证明，正是妈屿岛之行，与合胜掌门人龙少结缘，此后，又有了我们五一的汕头文化行。这是后话。

正是当晚，马陈兵领着我和同学小蔡到十一合李春淮的

“持恒书屋”，见识了什么是文化书房菜。也因此，有了后边的第二次光顾，有了我一篇《从汕头三联到持恒书屋，李春淮的往事并不如烟》的感慨文章，殊不知，汕头三联是每一个学子在成长道路上必须仰视的“里程碑”。

所以，对马陈兵，我一直想贴上一朵小红花。如不是他的热心、热情、热诚，汕头的文化版图在我的视野里一直是缺失的，不完整的，少了色彩的。自此，可以说，我跟汕头的文化圈握了手，在可预见的未来，也许还会亲密接触。

这么看来，马陈兵俨然是一个烁烁发光体。可聚众，可吸猫，可庄可谐，可进可退，可长袖善舞，可纵横捭阖。他貌似一米七五的个子，心细如针，再陌生的场面，只要他在，每个人都如沐春风。

但谁又能说他不像潮汕人呢。客居他乡近二十载，与生俱来的一口潮阳乡音让普通话参差不齐。我甚至惊奇他早年在汕头开办“马丁叔叔幼儿园”，面对咿呀学童，如何顺利双语教学。但据说正是凭借这一通奇特话语，在江浙一带吸引了无数小迷妹，当然，他一掷千金的潮汕豪举，更惹得无数女文青竞折腰。错了，此“金”非彼“金”。不是财，而是才。

好了，不能再滔滔江水一发“黑材料”不可收，“互拍成功”是近来我与马老师的接头暗号。

需要说明的是，以上行文，与现实版马陈兵如有雷同，纯属巧合。坦白讲，我跟马陈兵在汕头的三天中只简短见过两次面。一个很不像潮汕人的潮汕人，无论如何是无法在一篇三千字小文中被“想象”出来的。就此打住。

小白及其他

"风月考据"里有九阴真经也有降龙十八掌，漫天招式在小白挥舞下令人目眩神迷。可高手在于，晓得点到为止戛然而停，在大家还急切等着往下看时，他傲然转向了，写起了小说。2010 年推出小说《局点》，2011 年推出小说《租界》，2017 年又推出小说《封锁》。这个小白，真真假假地向人们讲起了故事。

译林社的小榕说，她先去接小白老师，然后我们一起坐车到开会处。

车已停在门口。10 月的南京，风吹过，秋意正浓。

我决定先不上车，在车旁与小白老师打个招呼。

远处，小白来了。我一眼就认出他来。

上前握手，问候。他笑眯眯，连声说，见过见过。

是呵，那一年，上海书展，某场活动结束后，"两海"（上海人民、海豚）做东，济济一堂，孙甘露、黄昱宁……若干人围一桌。那是第一次见小白。

之前，都在作家毛尖的介绍文字里，或是在《万象》的文章里。

再之前，是在天涯论坛里。

小白之所以成“小白”，溯源的话，镜头还得推回 2005 年。

天涯论坛。当时潜水者无数，其中之一是海上名编陆公子陆灏。他像个暗探，不，应该是星探。盯着一个一段一段写美术史的 ID，邀约给《万象》杂志写稿。可按他的要求，文章怎么改也无法达标，此 ID 跟陆灏说，干脆重新写一篇。于是，一个署名“小白”的情色范儿文章每期依例出现在《万象》的目录单里。

小白，是不是陆灏起的？我没有求证过。在那个 ID 遍地的网络年代，小白、小黄与小黑，没有区别。

后来《万象》易主，继而停刊。小白已声名鹊起，那些落散各期的印上“情色”标签的考究学术类散文随笔，便结集成了《好色的哈姆莱特》(后修订为《好色的哈姆雷特》)和《表演与偷窥》两书。传播之广，连复旦大学教授陆谷孙都说他“以男女之事的瓶子装文化之酒”。

那个时期，有两个人凭“风月”写作引人注目，一个是小白，一个是冯唐。标签同一类，路子却不同。前者是古典趣味知识性，后者是世俗精神探索性；前者有海派的精致细腻，后者是京派的直接粗犷。可殊途同归，拥趸者众。更多的人，好奇地想目睹，小白是谁。

毛尖，曾以车为载体，描画过两个人。一则是："车子来了，车门一开，他扑进车里，……'先生，这是私家车。'那个他，当然只得狼狈下车了。"这说的谁呵，当然是陆公子。另一则："一辆车'吱嘎'一声停在美术馆门口，司机压水花的技术很差，溅了我们一身，但来不及抱怨了，车里下来了文森·卡塞。"没错，下来的正是小白。毛尖说，他的生活对我们至今是个谜，我们不知道他靠什么生活，不知道他有没有恋人，但每次出现，他总是有型有款有色。

能入毛尖笔下的，都是至情至亲的老友。这引来更多读者尤其是女粉对小白的现实猜想。

一个人，能对风月场中的"逸闻趣事"了如指掌又"博学广记"，究竟为何？

在文章《镜子里面有妖精》里，小白是这么开篇的："迄今发现的古代视觉艺术形象中，最早把镜子与情欲联系在一起的，是古埃及的纸莎草手卷。"然后他从都灵纸草卷的描绘，讲到塞内加《自然的研究》中记载的贺斯丢斯的淫乱生活，再讲到铜镜，继而讲到罗马时期的玻璃镜子，接着讲到镜子的发展沿革，再到以镜子为名的书籍，比如，“16 世纪初，欧洲就有了 350 多部名字带有镜子的书籍”……

一篇 2 000 多字的小文，延展、捭阖，上天入地，其密度、广度、深度、趣味度，把知识浓缩得你不得不烧脑跟着前进，一旦稍不留神，就断了线头被狠狠抛下。类似的还有，《画春宫的女人们》《黄段子和小册子》《大的到底好不好》，标题都极尽暧昧含糊，欲擒故纵欲语还休。于是乎，有了坊间所说，关于性，上帝所没有说的，小白都向你娓娓道来。

“风月考据”里有九阴真经也有降龙十八掌，漫天招式在小白挥舞下令人目眩神迷。可高手在于，晓得点到为止戛然而停，在大家还急切等着往下看时，他傲然转向了，写起了小说。2010 年推出小说《局点》，2011 年推出小说《租界》，2017 年又推出小说《封锁》。这个小白，真真假假地向人们讲起了故事。

有人奇怪了，这个写民国年间租界小说的小白，是那个写西方情色随笔的小白吗？

没错，是 ID 小白。

使用小白 ID 的那个人，一如既往地泡在图书馆里，在资料堆里，在大学数据库里，在他的考据里……

所以，他大笔一挥写起小说，只要是跟上世纪三四十年代十里洋场相关的文本：小说、档案、新闻报道、票据、图表、影像……他应有尽有，无所不包。

拿《租界》来说，他轻轻松松地就把时间标明到分位数，“民国 20 年 5 月 19 日凌晨 2 时 20 分”；把地理位置确定到经纬度数，“邮轮昨天夜里停到长江口这片临时锚地，位置大约在北纬 31 度和东经 122 度 32 分附近的舟山群岛海面”；把海水潮汐及轮船的吃水量精确到行家眼里的数据，“退潮至最低时，某些水域深度不足 20 英尺，宝来加号重达 7 500 吨，吃水将近 28 英尺”。他分明查证过当时历史资料的，“金利源码头上坐着几名脚夫，脖子上挂着铜制工牌，只有领到铜牌的工人才能进入外档码头”。又分明对女性衣物相当熟稔，“有个女人臂靠船首另一侧舷栏，黑呢大衣，绿白格旗袍（在大衣下摆处窄窄露出一条边）”……每字每句每一个场景每一个元素，都有它出现和存在的节点、契机、含义。

他分明生长生活于新上海，又习惯于穿越回老上海，怀旧起上海滩边朵朵浪花，或南京路上盏盏灯火。民国、政治、花边、绯闻、市井、走卒……还不够劲儿？那好吧，再加点悬疑手法，使点暗杀桥段。还嫌不够劲儿？干脆再调剂点深刻的生活哲理——人生不外乎“表演与偷窥”。这么着，小白署名的小说被译为英语、法语、德语、意大利语、荷兰语，广受瞩目。

于他而言，似乎没有什么可以难倒他的。这不，对上海前世今生的“了如指掌”，让他又被盯上了。对，就是他，写《上海传》最合适不过了。用约他稿的编辑“大拿”的话讲，那是要获普利策奖的。

话说散文家、小说家以及传记作家小白，此时翩然而至，他客气地与众人握了握手，连声说，见过见过。

转头，大侠走来，两人熟络地打起招呼。隔了一两秒，小白问他，姚老师呢？

周晨的密码

> 这些年获奖无数的周晨，所幸，也是认书不认人。每一本书，他至少要以今日之我超越昨日之我。

周晨说，这书我们在社里网站卖，不打折，原价980元，没发一般的书店，怕损耗，因为就印了1 500册，成本高、定价高，慢慢卖吧，估计以后也不会加印了。

眼前12开本的《江苏老行当百业写真》，像一块四方形的潮汕老字号红糖大发糕，软绵绵的。手捧着，怕折坏了弄皱了撕裂了，每掀开一页，都要异常小心。这是书吗?

根本不是书，而是一件限量版的艺术品。

嘿嘿。

这些年，周晨真的越玩越大了。

（一）

自从《泰州城脉》，那块被书界称为城墙砖书的地方志，因仿宋代的“城砖”，成了“纸寿千年的宋版余音”，获得了中国“最美的书”，也让周晨这个名字被很多人记住。

之后，人们又记住了《苏州水》《绝版的周庄》《阳澄笔记》《留园印记》《冷冰川墨刻》《冷冰川》……一本本“最美的书”，中国的，世界的，年复一年。

周晨，像一个获奖专业户，“玩”得不亦乐乎。

可七〇后的他还似一个瘦弱的书生，不善言语，遁身于各种喧嚣场合。或观察，或思索，或琢磨，找想找的元素或灵感。

其实，这位毕业于苏州大学艺术学硕士的苏州才子，很早之前已崭露头角。苏州文坛长辈陆文夫在世时，曾点名让他设计自己的代表作《美食家》的典藏本。陆先生去世前一天，周晨将设计好的书送到病榻前，不知是否了却了陆先生的心愿。

而周晨入行时做的“忆江南丛书”，范用先生当年看到，曾写信问书的责任编辑，这个周晨是谁。十年后，耄耋之年的范用先生再看到《美食家》的装帧，脱口说出了“周晨”的名字。

前三联书店总经理董秀玉就说，范老从来认书不认人。

这些年获奖无数的周晨，所幸，也是认书不认人。每一本书，他至少要以今日之我超越昨日之我。

（二）

在说《江苏老行当百业写真》之前，我们还是先来说说两本冷冰川的书。

周晨设计的《冷冰川墨刻》，获 2016 年中国“最美的书”、2017 年世界“最美的书”。这本书以其封面著名的“周一刀”被世人所称道。周晨的设计灵感，源于冷冰川一个作品《夜的如花的伤口》，他的墨刻就像纸上的伤口。所以，周晨以刀为线索，用刀直接在刷了墨的纸板上进行创作。从封面到扉页上的刻痕，都强调了刀这个元素。

这部珠联璧合的作品获奖无数。可两人都不甚满意。据说是对作品的印制有唯美的要求。第二年，他们进而推出了《冷冰川》，收录了著名画家冷冰川三十余年来创作的六十三幅刻墨精品。周晨在装帧上采用了传统的推蓬装，把冷冰川在中国墨上用刀刻出线条和情致，纸张的肌理和岁月变化的痕迹结合得天衣无缝并表现得淋漓尽致。该书获得美国印制大奖最高荣誉“班尼金奖”，获得由米兰政府、米兰设计周组委会颁发的“最佳概念奖”和“最佳故事奖”，也当之无愧地获得了2017年中国“最美的书”。

按说，周晨可以歇歇，喘口气了。可是，关于他的2018年的大幕，刚刚拉开。

（三）

著名书籍设计大师吕敬人先生曾提出“书筑”的思想，指出书籍设计师要把一本书当作一座建筑来看待，让文字和图像成为里边的场所，让不同的空间和节奏承担着各自的功能。

周晨设计的《江苏老行当百业写真》，似乎将“书筑”这个概念演绎得十分到位。

书中江苏的老行当分为衣饰、饮馔、居室、服侍、修作、坊艺、工艺、游艺八类。顾名思义，不仅记录并留存了桃花坞年画、古法造纸、玉雕、竹刻、纸塑、磨刀剪、绞脸等沿袭至今几近衰落的老手艺活，也旨在唤醒人们对民俗风情、礼仪文明的点滴记忆和关注。

书的出炉，还得追溯到2008年，周晨在设计《泰州城脉》时，结识了《泰州日报》摄影师龚为。龚为一直致力于老行当的拍摄，他们继而找到了常年关注手艺人的资深编导潘文龙，大家一拍即合，商讨做一本老行当的书。十年磨一剑，2018

年，这部致敬匠心的作品终于来了。

如何既尊重原作品风格，又体现自己的态度，在编排和装帧上遵循手工的原则，与内在的老行当手艺活儿达到高度和谐统一？

确实也颇费功夫。

首先是纸张的选用。乍一看，软塌塌的，脏兮兮的，有点过去马粪纸的感觉。周晨说，这是一款过去从来不曾被应用于书籍主体部分印刷的纸张，使用的原材料均为粗料，色调暗淡、手感粗糙，叫仿古土工纸。印刷时难度更大，因为它会掉粉。为这 1 500 册书，雅昌印刷公司在印刷过程中，就换了十四块橡皮滚子。

老实讲，拿到手翻页时，它也会掉粉。但这种人与书联动时天地融合的契入感，是不是也正是周晨想要的？

书印好后，周晨思索了好久，决定放弃机械化的装订方式，选择了中国古籍最基本的装订工具——纸钉。因为在线装书里，真正使其牢固的其实不是线，而是藏在皮子下的纸钉。为此，周晨搓纸为绳，穿孔插入，并创造性地让四颗纸钉穿过书脊裸露在外，“呈现出一种原始的美”。

有了纸钉，周晨又“变本加厉”地想到了四面毛边。过往的书籍毛边通常借助机器完成，从而留下一条条明显的纹路，像刀切一样太过整齐而不尽自然。如何解决这个会让书变 LOW 的问题？周晨大胆地想到了手枪钻，用手掌控力度逐本打毛加工，使书四面的质感浑然一体。我曾在网上看到一个视频，周晨端手枪钻站在机器前示范，工人们跟着他完善每一道工序。欣喜的是，打毛之后，书的整体浑然天成，不落痕迹。要知道，里边可是各种夹页材质辈出。

接下来，必须说到书的另一个特色——大量的插页，彩色与黑白相间。我曾想好好数一数，究竟有多少种插页、多少种颜色、多少种材质……但最后还是放弃了。每一款插页于内容主体呈现上传递了不同的结构，于图文编排上给予了层次的搭配，于空间章法上把控了呼吸的节奏，于字体应用上付诸了疏密有致大小有度的表达……而作为读者，我们在翻页阅读中则得到了轻松、清晰、颇具冲击力，又美感十足的感受。

最让整本书产生亮点的，还有一个杀手锏——苏州码子。在英剧《神探夏洛克》中，福尔摩斯通过破译密码解开谜题，这蕴含着天机的密码正是苏州码子。

周晨是在 2016 年的《紫禁城》杂志上读到了对苏州码子的介绍，生于苏州长于苏州的他不由得产生了好奇。“苏州码子”也叫草码、花码，脱胎于南宋的算筹，是阿拉伯数字在中国广泛使用之前的最便利快捷的记录数码，最早发源于苏州，后在民间各行各业中广泛使用。当阿拉伯数字成为社会主流后，“苏州码子”逐渐退出历史舞台。汪曾祺先生在《草巷口》一文中便提到了苏州码子。

听说北京京张铁路青龙桥车站，那里还存留着早年铁路工人用苏州码子写成的记号，周晨特地北上实地考察。他甚至找到藏书大家韦力老师，在他的藏书中寻找苏州码子。最后让他明确苏州码子用法的，是一部稿本的目录。他想，既然它是数字系统，用来标识页码不正是顺理成章吗？于是，手写“苏州码子”成了全书的页码。

……

（四）

在《江苏老行当百业写真》的设计中，周晨赋予了自己丰富的表达：新与旧的对比、融合，以新还原旧，让旧复苏其新的生命力。这也印证了他这些年来的设计理念“对传统最好的致敬就是创新”。

毫无悬念，书一推出，“2018 年中国最美的书”桂冠随即戴上。这是对不断超越自我的周晨最好的肯定。

如果说，《泰州城脉》是一块宋砖，《绝版的周庄》是一枚小小的邮票，《阳澄笔记》是一张渔网，《留园印记》是一面老墙，《冷冰川墨刻》是一把墨刻的刀，那么，《江苏老行当百业写真》是一块古法炮制的大发糕……不管是哪一种，你都要打起十二分精神，在里边寻找、发现、见识、熟谙，甚至回味，一种叫周晨的密码。只是这个密码，还不广为人知。

葛亮深圳会《瓦猫》

他善于留白。写作如是，做人处事亦然。他习惯于淡然平和对待所有人，谦逊有礼聆听各方声音，以教书为职业，以写作为己好。二者俨然泾渭分明，在他的生活中达成某种状态的平衡，又不失精神的愉悦和满足。

那天，转了一个《朱雀》十周年的新闻稿给葛亮老师，他回复，我在深圳。

又补充，隔离中。

他很乐观，几天后隔离就结束了，然后在深圳举行书的活动。

说这话，是2021年7月20日。语气中有一种马上出巢的欢快，轻灵得像小鸟要飞翔。

隔离21天，不算短，但想着四下已安排好的新书活动，以及活动结束后，可以回去的老家——古城南京。两年多没回去了，想念中的亲人，还有亲人的想念，都让宾馆中的 21 天变得不那么煎熬和沮丧。

很快，书城的活动海报出来了——葛亮《瓦猫》新书分享。

噢，《瓦猫》（人民文学出版社 2021 年）。

都知道这是 2021 年口碑甚好的一部作品。用最通俗的话讲，好看。

它介于虚构和非虚构之间，以“匠人”为主题，由三个故事组成。我最爱其中的古籍修复师。也因了其真实的背景，葛亮祖父葛康俞是著名的艺术史学家，于抗战期间在四川江津凭借记忆完成的专著《据几曾看》，至今仍被中国古代书画研究者奉为圭臬。因为祖父受损的手稿，葛亮偶然接触了“古籍修复师”这个行当，并折服于一本书被完整修复的过程，于是，写下了《书匠》。

之后，他走访了各地匠人，考察民间手艺。又写了《飞发》和《瓦猫》。如果说《书匠》着眼于中古籍修复之异同，讲究的是“不遇良工，宁存故物”；《飞发》则聚焦传承变与不变之争，持守与创新；《瓦猫》更涉及匠人的根本——吾随物性，以手摹心。里边有匠人的生命体验，有匠人的内在精神品格，有匠人的学养、承传与渊源。

书中的人物，简、老董、静宜、翟玉成、郑好彩、庄锦明、宁怀远、荣瑞红……个个是鲜活的生命，胭脂低吟，柳岸残月，岁色斑驳，古旧辞章。

日夜相处，情愫交织。葛亮着迷于与这些人物虚实相间的状态，像一种瘾，外有牵挂，内则期盼。

书写完了，他反而怅然若失，少了点什么，心底不愿这些有情感有体温的人悄然隐去。

他本身，是个多愁善感的人。可以深情如烛泪，也可以纯真如清流。与他初识的人，便会想起短梦初歇，又觉岁月绵长。对，他似一缕幽香，于不觉中带几分忭然。

在当代的小说家中，葛亮属于七〇后一代作家，成长轨迹算是顺风顺水，没有太多的波澜起落。可是，他擅长根植于历史，不管是语言还是情怀，不管是认知还是识见，此次以“匠人”为故事之引，葛亮寻找的便是人之为人的尊严。他说，时代开阖变迁之际，人的遭遇与变革，一鳞一焰，是为匠传。

他自己又何尝不是“匠人”？我们理解中的工匠精神总只侧重于对技艺的打磨，但在葛亮看来，匠人精神之所以能够成为传统，是因为它可以连接不同的时代，不同的时代之间又有所交接。“在一个如此变动不居的时代，匠人精神可以让我们心里有所依恃，坚定地选择一件事并专注地去做。”比如写作，比如写作之于葛亮。

他善于留白。写作如是，做人处事亦然。他习惯于淡然平和对待所有人，谦逊有礼聆听各方声音，以教书为职业，以写作为己好。二者俨然泾渭分明，在他的生活中达成某种状态的平衡，又不失精神的愉悦和满足。

波澜不惊中，又似有“野心”，一种温和不停歇的进取。

那年，他的长篇小说处女作《朱雀》甫一出版，人世间惊鸿一瞥。几年后，又出《北鸢》，似黄叶飘落台阶的一抹炫色。更多的人记住了葛亮，一位悄然而至的年轻作家。

他还是不动声色。人们记住他的，还有他的家世——祖父葛康俞，太舅公陈独秀，叔公邓稼先。免不了来一句：名门之后。

他当然与之相关，家学渊源，从小浸润于古典文化中长大，他比其他人多了一些厚重和先机。年既长大，明城墙“颓败而壮大”“这些名字被时间封印过，并未覆盖于浩荡皇城的荒烟蔓草下，倒是浸染了半世纪深巷的厨炊烟火”（《瓦猫》后记）。他有一种深深的旷世情缘，像寄生蕨类一样，缘历史攀爬，彼此依附，又彼此互补。

《瓦猫》是疫情中创作的作品。这些年葛亮一直生活、工作在香港，日常教书，假期写作。他不是一个多产的作家，二十五岁到三十岁之间写了《朱雀》，三十岁至三十六岁之间写了《北鸢》。长篇的产出时长约五六年。只是每一部作品面世时，必定妆容精致，少附瑕疵。

出版方说，我们巡回做下活动吧。他没有犹豫，答应了。

是一份责任，对那些朝夕相处的人物。他愿意，给“老董”们一份踏实的交代。

足足 21 天，在深圳封闭的酒店里，他被规律地起居饮食，情理之中被胖了 8 斤。这些他都事先预想到了，不过，为了《瓦猫》，值得。

我仔细端详对面的葛亮，没看出来，还是一副玉树临风样。

他腼腆着：“两年没参加活动，不能让人一看，噢，来了个胖子。”他爱惜羽毛，隔离一结束，迅速投身运动中，一周下来，见了成效。

青年作家 + 才情 + 修养 + 颜值，难怪某年香港书展贴有葛亮讲座的海报前，小女生们大声尖叫。

8 月 1 日，龙华书城新书活动现场，大家重逢、喜悦。

只是计划没有变化快。刚刚解除隔离，疫情又开起了玩笑，尤其葛亮的家乡南京，成了新一拨的“高风险地区”。继多地活动取消后，葛亮似乎连家也回不去了。

他无奈地笑笑，却也平静，已然做好了第二种准备。挥手告别，电梯门合上，葛亮的背影似又满心牵挂地隐入历史的匠人风韵中。

（注：一年后的2022年7月，葛亮另一本疫情下的新书、长篇小说《燕食记》出版，依旧在深圳做了新书发布活动。他说，想写一部关于“吃”的小说，是很久的事情了。）

第七面

翠涛

把它作为中国的一个缩影来写，是他的独创

他说："我写宋元明的陕西，其实也是把陕西作为中国的一个缩影来写的，其内容表达了我不少的自有观点，和我同时期发表的其他一些著作（如《田园诗与狂想曲》等）也有着逻辑上的联系。"

秦晖有部作品《王气黯然：宋元明陕西史》，由汉唐阳光策划，2020年山西人民出版社出版。

这部体量不大的作品，却有一番来历。

二十世纪八十年代末，陕西有关方面商量组织主要高校与社会科学研究机构编写多卷本《陕西通史》，领衔主编的是当时名望极高的三位史学大家：郭琦、史念海、张岂之。

在这样几位史学前辈的召集下，秦晖参与其事。当时他在陕西师范大学任教。一开始秦晖自报的任务是明清卷，但后来

通史决定不设近代卷，原来写近代史的两位老师就承担了清代，他承担明代部分。又由于清初抗清运动与明末农民战争连为一体，他此前就此有过著述，主编决定这一节也由他撰写。而明清卷的文化一章，近代史两位老师认为不好分割，也就全章由秦晖来承担了。

1990 年 8 月 28 日，郭琦在主持《陕西通史》编纂工作的讨论会上，突发心肌梗死逝世。《陕西通史》尚未开始，即失主编，令人心痛。好在这项工作并未停顿，继续往前推进。其间，研究宋史的另外一位老师又患病，于是主编就动员秦晖整个接下宋元卷。

秦晖虽然感觉有点“勉为其难”，但因为他当时研究明清以下关中农村社会有些心得，提出过“关中模式”的概念，也对明清以前这一模式的源头有些想法，于是就接下了这一任务。

这一时期的秦晖写作欲望很强烈，除了吃饭睡觉，就是上课写作。他的夫人金雁在散文集《雁过留声》中，有过这样的描述：“在兰大读研究生的时候，我们各忙各的论文，时间全由自己掌握。两人埋头在各自的专业里，恨不能把十年的欠账全补上。成家以后我们在陕西师大工作，与当学生时的模式变化不大，在课堂与食堂之间出入。”

七年后的 1997 年，一部 14 卷的《陕西通史》最终出版，而秦晖所撰写的部分正是第6卷（宋元卷）和第7卷（明清卷）。

《王气黯然：宋元明陕西史》正是由此两卷合并而来，除了做些两卷连缀的工作、对注释做了些规范化处理、订正了个别细节错误外，基本保持了当年的原貌。

书名为“宋元明陕西史”，书中的“陕西”是否就是今天行政区划中的陕西？

当然不是。

实际上，“陕西”之称早在汉魏时就已见于史册，入宋之后，“陕西”的概念才有了固定的含义。当然，那时的“陕西”范围与现今也有不同，它包括今甘肃、宁夏、青海等省区的大片土地以及豫西地区，而不包括今天的陕南。但就其主体部分而言，关中即陕西，则是自宋元始至今一贯的概念了。

宋元明时期的陕西，伴随着刀光剑影而来的，还有各王朝对它的治理。而任何治理，最终都会落到执政者和施政者身上，出于各方不同的利益，各种各样的政治斗争便上演不息。

到了宋元明时期，因为“国都东迁，王气黯然”，陕西已是一片凋敝，就连后来的历史学家也觉得研究陕西史是一块鸡肋。然而，历史岂能割断？宋元时期的陕西既是周秦汉唐陕西的发展，又是明清及近代陕西的渊源。

从某种意义上说，不了解宋元陕西就不可能真正了解周秦汉唐的陕西，也不可能真正了解明清以来的陕西。

这也正是秦晖当年接手宋元明陕西史的由来。他说："我写宋元明的陕西，其实也是把陕西作为中国的一个缩影来写的，其内容表达了我不少的自有观点，和我同时期发表的其他一些著作（如《田园诗与狂想曲》等）也有着逻辑上的联系。"

这一时期的陕西风云际会，各王朝在陕西大地上竞相角力，战争、战云笼罩的陕西社会，围绕富国强兵、赢得战争而进行的一系列改革，构成了这段历史的主要内容；战争风云中的艰难发展，无疑可以视为陕西这段历史的主旋律，而从中也能窥探出各王朝的军事、政治乃至社会的方方面面。

因此可以说，把陕西当作中国的一个缩影来写，是秦晖的首创，也是其独创了。

她的词典里没有“难”字

一个活活泼泼的金雁，从倔强的少女，到不服输的女青年，到追求知识的女老师，到家庭事业两不误的妻子、妈妈。她的生活词典里，没有“难”字；她的人生底片里，没有“灰”色。

我一直是个胆小害羞的人，暗地里对那些内心强大雷厉风行的人特别心生敬意、心向往之。觉得那是一处处光源，靠近她可以从中汲取营养获取能量，扫去自怨自艾的负面情绪，心胸眼界都会被带动着开阔起来。

金雁的《雁过留声》(山西人民出版社 2020 年)，便是这样一处光源。她是一个火热的发光体，透过纸面能让人感受到春阳煦煦，天地、周遭一切都是明亮的。

金雁是研究苏联-俄罗斯、东欧问题的专家。她的作品《倒转“红轮”》曾登上多个好书榜，是当年的年度好书。而她和她的先生、著名学者秦晖老师共同的微信公众号“秦川雁塔”近年来也吸引了大批粉丝。

我们平时总关注学者的学术著作，而学术之外的生活日常则极少有机会一窥究竟。此次《雁过留声》便是金雁应汉唐阳光之约，把她平时随意划拉的，按她的话说，是“属于正经文章发不出的可有可无的闲文”结集出版，大受欢迎。

每篇文章不管是回忆小个子大能量无所不能的姥姥，还是以六岁孩童视角看三年严重困难时期，还是经历了下放生活和插队的日子；以及在乡镇供销社的生活片段，直至1978年考研，走进书斋生活后剪影导师赵俪生，白描访学东欧的见闻；以及自曝与秦晖老师的家庭生活点滴……你都可以从中看到一个活活泼泼的金雁，从倔强的少女，到不服输的女青年，到追求知识的女老师，到家庭事业两不误的妻子、妈妈。她的生活词典里，没有“难”字；她的人生底片里，没有“灰”色。

在持家过日子上，姥姥是她人生中的第一位老师。以至于金雁在夏天看到大太阳，如果不像松鼠一样为冬季做准备，就觉得辜负了阳光似的。正是姥姥的言传身教，插队之后，旧棉衣的拆洗缝制，还有全家人的毛衣编织，都由她来完成。

她挑水、烧炕、做面食、做手工，独立自主，这股劲头一直伴随着整个人生。在别人看来不可能的情况下，她愣是用三个月的时间复习通过恢复高考后第一次研究生招生考试，进入兰大历史系读硕士研究生；在“秦老爹”一心迷于学术思考、无暇顾及家务时，她愣是大风大雨里用自行车驮着孩子奔波于学校和家之间；上世纪九十年代到波兰访学，为学语言和融入当地生活，她愣是使出教太极和做中餐的本领并大获成功、大受欢迎……

一路走来，金雁的日子过得相当红火。当然也有时运“背”的时候，比如当年单位发五斤鸡蛋，她怕挤公交车碰碎了，咬咬牙买了一辆红色自行车，很潇洒地将鸡蛋运回家。等她爬完六楼做完晚饭，想起要把自行车锁到车棚里，下楼却不见车的踪影。她把附近几个楼区找遍了，也没有结果。要知道，才买了一天的车，相当于她四分之一的月工资。这种看来惨痛的经历，在她笔下不过“气得七窍生烟”。

她说他们成长的那个年代就像黑白照片一样单调，每个人都变成整齐划一的工具，但她的吃不饱、干累活、受歧视、早当家……一点一滴都色彩斑斓得有滋有味。

金雁与秦晖是名闻天下的神仙眷侣。当年正是“秦老爹”的智识博学让“金校花”心服口服地和他走到了一起。这种情真意切，可以从金雁拿“秦老爹”开“涮”的文字中看到。比如穿袜子，她出门两个多小时，回家发现“秦老爹”还没穿完。比如喂女儿吃饭，“秦老爹”不知道要把面条夹断，而是让女儿像小鸟一样仰头张嘴，他站起来把长长的一根面条放进去。还有穿衣服，总是里外前后反穿，合影时脖子处卡着一枚商标相当刺眼……这些糗事，也正是“秦老爹”的闪光点，用金雁的话说，大脑发达，小脑极其不够用。

对两人的关系，金雁很客观地点评说，“秦老爹”业务上帮她多一些，她承担家务事多一些，他们的组合是互补型。

金雁的很多文章最后都要过一下秦晖的手，“秦老爹”便连挖苦带损地说：“你有思想没文字，还不如有文字没思想呢。你应该回去上小学，看你的文字我的血压会升高，不知你是俄文差还是中文差。你这种有思想而文字功底差的更糟糕，老让我做小学老师的工作，结果我的思想也耽误了。你产出越多，我就被废得越厉害，所以你最好还是手慢一点。”他甚至认为金雁写这些文字和画插图是“不务正业”。

金雁则拿出她一贯坚韧不拔的劲儿，回应说：“其实我不太喜欢他太学究气的论文腔，还是有一票人喜欢我明快轻松的文字的。”

哈哈，这一唱一和，好玩吧。

可以说，我就是喜欢的那一票里边的一员，不管是《倒转红轮》，还是《雁过留声》；不管是她个人的生活记忆，还是对历史的思考和记录，她总能让日子明晃晃地透亮起来。

年月日里的生命本色

无处可逃的热，逼迫老人与狗为“活着”不懈努力。单调的线性叙述中，极简让小说本身瘦骨嶙峋得没有一点儿油渣子，人反倒陷入一种深深的“沉浸感”——每个人面对这个世界，都有一种情感想要爆发。

（一）

“千古旱天那一年，岁月被日阳烤成灰。”

这样的开头，是阎连科小说的“识别码”，一眼就能走进他的故事《年月日》（江苏凤凰文艺出版社 2021 年）——

先爷，一位七十二岁的村里庄稼老农，领着一条不离不弃的盲狗，在一个不知名的、空无一人的村落，守着一株荒年地里冒出新芽的玉蜀黍，每天浇水、施尿，看着玉蜀黍长出一片叶、二片叶、四片叶……

村里人迫于干旱都逃荒去了。只有日光火辣辣地烤着漫天漫地的荒野。退守的老人在空寂中与狗子说话，与玉蜀黍说话，与天地说话，与自己说话。

没有粮了，粮缸已扫净，面罐也底朝天。老人把每家每户地下的种子刨了出来，这些够他与狗子吃上一些日子了。

玉蜀黍苗一天天长高，静夜里生长的声音细微而稚嫩，老人想到年轻时夜里的女人，那是神仙的日子。他问狗子，你有过那样的日子吗?

井水终于枯干了。种子越刨越少，老鼠也在争食。但老鼠毕竟斗不过老人与狗，只得迁移搬家了，像逃荒的村里人。

老人开始新一轮的寻水，往很远很远的沟里走。当他寻到那股崖泉时，周围的绿茅草和小白花，让他嗅到草味，重见花色。可是，泉水边立着一只幼狼，眼的绿光里闪着饥饿下的敌意。小狼又带来一群大狼。老人与狼群对峙了整整一天一夜，终于凭顽强的意志力耗退了疲惫不堪的对手，逃出生天。卫护玉蜀黍的盲狗，等到老人归来，泪流不止。世间最值得感动和珍重的情感，莫过于此。老人与狗，相依相怜，互为彼此。

接下来，是饥是饿，是明晃晃的天，以及周遭火焰要突然腾起的暗涌和流动。已经没有任何办法了。老人在奄奄一息的玉蜀黍旁挖好了墓槽，对盲狗说，埋了我。你沿着我跟你说的路往北走，一直走，走到那条泉水沟旁。那里有水喝，还有满地黄狼吃剩下的骨头渣，在那里你能活到村里的人从外边世界逃回来。

盲狗一直是听话的。这次呢？

第二年甚至更久，天终于下雨了，下了四十天。雨过天晴后，逃荒的人陆续拖家带口回来了。可是，地里空空的，没有耕种的种子。人们突然想起了老人，寻了过去，发现老人的玉米棒儿早已枯干，上边长了三十七行玉蜀黍，枯黄中竟有七粒玉米是透亮的。这七粒，就是绝好的种子呵。他们又发现了盲狗的骨架子，狗架子的下边，是老人的墓坑。

狗守着老人，直到最后一刻，他俩，生死相依。

故事就此结束了。

如果拍成电影，肯定是一镜到底的好题材。阎连科以极简主义的创作手法，让天地间烈热、暑热、辣热、毒热、灼热、酷热、炎热、闷热、狂热……无处可逃的热，逼迫老人与狗为"活着"不懈努力。单调的线性叙述中，极简让小说本身瘦骨嶙峋得没有一点儿油渣子，人反倒陷入一种深深的"沉浸感"——每个人面对这个世界，都有一种情感想要爆发。

这究竟是一种什么样的情感？与其说玉米是故事的药引子，不如说真正击碎人心的，是老人与狗，是情感，是对活着的执着，是对未来的不放弃。有了这种生命的坚忍，世间万事万物便亘远流长，生生不息，如玉米种子，繁衍相传。

阎连科创作这部小说的时间，是1996年。严重的腰病和颈椎病，使他各地求医问药。在西安远郊玉米地里，他沿着一条小路一直一直走，寂静在四周响出噼里啪啦声。不知为何，他突然收住了脚。在一个深邃死寂的片刻间，脑子里闪出了一道光炫来——“如果人类的祭日到来了，世界上只还有一个人和一粒种子会是什么样？”

他被这个念头震住了，就是这一瞬间，他看见了黄昏的落日如朝阳一样明亮而透彻。他看到神恩如微型闪电一样，在他眼前突然一亮。突然，他觉得自己不再是一个残人和畸物，而是一个比谁都健康、比谁都更有生命力的人。

阎连科立马转头，回到住处收拾了行李，急急乘火车回到了北京的家，开始创作，一气呵成写下了这部《年月日》。

很多人读这部作品时，想起了海明威的《老人与海》。不同的是，海明威的老人与马林鱼，相爱相杀。最后老人凯旋，成了硬汉的标志，为海明威立起了一面不倒的旗帜，至今飘扬。阎连科的老人，温情绵长，与盲狗困境中厮守，互为你我。他们同为一心，在明知不可为中（如护卫玉米）创出了奇迹，延续了希望，也完成了自己的使命。此处的“先爷”，天地间，已神化为一个大写的“人”，没有代际、没有疆域、没有世俗与宗教，素朴却日常。“人”深根于世世代代中，血脉相连，哺育了千千万万子孙后代。

据说，是这部小说，使阎连科对写作开始有了宗教般的“迷信”——相信文学的神至、神视之光。

这是一种向内的光，打开了阎连科的小说之路。他的作品开始受到文坛关注。那个旱地里的老人，怎么看都像是玉米地里的阎连科。雷蒙德·卡佛就说过，你不是你的人物，但你的人物是你。而忠心耿耿的盲狗，也是他的另一个精神化身，生于1958年的他，属狗。“我属狗，爱狗就等于爱自己。”而他突遇的神光，是内在的顿悟，或是自觉的发现。这种自觉，是他所珍视的，也是他一直追寻的。远的榜样有托尔斯泰、陀思妥耶夫斯基，近的有鲁迅、沈从文以及汪曾祺。他们的创作都有一个由外向内的过程，“我们必须放弃外真实而走向内真实（阎连科语）”。他坚韧地迎着心中的光，一步步向前。小说《黄金洞》获第一届鲁迅文学奖。之后，《年月日》获第二届鲁迅文学奖。再之后，《受活》引起轰动。各种奖接踵而至，老舍文学奖、鼎钧文学奖、茅盾文学奖……再之后是《丁庄梦》《风雅颂》《四书》《炸裂志》《她们》……这些作品走向了国际，多次获布克奖提名，获卡夫卡奖，获纽曼华语文学奖。

在作品中，阎连科创造了自己的一套语言体系，我们且称之为“阎体”。如“我就走。走得人单影只，白雪皑皑，古城像过眼烟云样消失在了我的身后”（《风雅颂》）、“黑暗不仅是时间、地点和事件，而且还是水、空气、人、人心及人们最日常的存在和呼吸”（《上天和生活选定那个感受黑暗的人》）、“季节的时法条文，被这个疯狂的世界撕得零碎破烂”（《北京，最后的纪念》）、“城里人把日子叫生活，乡村人把生活叫日子，似乎是对同一种状态的不同说法，本质差别却是有着天壤的不同”（《我与父辈》）……不管何时何处，看到这样的语言叙述，你总会似曾相识：阎连科。

作品大部分主题基于苦难。无论是天灾还是人祸，或是无法痊愈的疾病、无法抗争的权力，甚至是无法选择的选择，他以多变的叙述结构，不同的叙事视角，荒诞化的叙事风格，将想象、梦境、幻想、神话、传说等要素缠绕于作品中；将苦难与个体的生命紧密相连，表达出作家对现实与生俱来的某种关切。

“先爷”以生命捍卫的玉米，不过预示了阎连科后来的作品——它们何尝不是旱地里那株玉米结下的玉米粒，明亮而饱满。

阎连科说，《年月日》是旧作。

三十八岁时创作的作品，于作家本人，极其重要。因为它给作家的创作打下了坚不可摧的精神底色，引领了作家此后的创作方向。世界再如何喧哗嘈杂，欲望沟壑再如何深广难填，阻力和挫折再如何往复强大，作家始终坚守着有所为有所不为的人生“黑洞”准绳，那是旱地里“先爷”守护的一切根本——生命本色。

（二）

那天，阎连科哽咽了，眼角泛着泪光。

第一排的女生忍不住递上纸巾。

第二排就座的我不敢抬头，眼前模糊一片，泪滴无缘故地淌了下来。

直到现在，我也不知是哪里触动了泪腺，会如此情不自禁。

可阎连科老师真的在那一刹那动情了。

他讲她们，讲新书《她们》（河南文艺出版社 2020 年）中的他的她们：母亲、姑婶、嫂子、姐妹……每个人的故事，深根大地，血肉相连，在节制又克制的短小篇幅中纵情延展各自的选择和命运。

我们似乎走进了“她们”的生活。

比如小姑，阎家家族中最不顾一切追求爱情的先驱者。

她嫁得非常远。小姑父是镇上粮站的会计，不仅识字能读书念报纸，算盘也打得“大珠小珠落玉盘”，是家里最有知识的人了。阎连科的名字就是小姑父起的，说“社会主义苏联有很多人都叫连科哪”。

但小姑父的家远得就像中国到非洲。按阎连科父亲的话讲，远得像天边一样，脚脖子都走断了。而母亲的话则更有哲理：都是命，老天安排男人的命，就像安排他亲生儿子的命；安排女人的命，就像安排后娘女儿的命。

嫁得那么远，来回一趟不容易。但问她后不后悔，小姑都会响亮地回答：“后悔啥，过得挺好的，吃不愁穿也不愁。”那个饥荒年代，小姑每次回娘家，都带上上好的白面、绿豆面。

有一次父亲怕大饥荒再来，关上门，悄声提醒她屯点粮。小姑笑着让他们放心，因为她们那里家家户户都在地上挖坑，坑里放大缸，缸里放粮食。缸外糊石灰，把缸口盖住埋起来。父亲忍不住喊她小名，“翠，你逃嫁到那是对的，你比你大姐二姐三姐命都好”。阎连科记得当时小姑脸上的笑，就像神的笑在人的脸上浮现证明什么一样。

阎连科说，最能证明小姑选择正确的，不是闪着圣光的她和他姑父的爱，而是粮食总是吃不完的俗常与殷实。

然而，小姑的故事并没有结束。小姑父去世二十年了，八十岁的小姑还待在那个“远方”，不肯搬走。她对自己孩子的婚姻没有什么要求，唯一的寄望是，儿子千万要进城，到繁华热闹好挣钱的地方去。女儿即便不能嫁到城里，我的婆家也要离公路近一点，出门到繁华闹市赶集方便点。

这就是阎连科的小姑，一个为了爱情离开了繁华的人，到头来希望子女们靠近繁华。但她说她不后悔。

《她们》是散文随笔集，是阎连科写长篇小说之后的一种精神休息，是长篇与长篇之间的喘气作品。

他的叙述方式总习惯用“我们”。即我们家我们村我们那个土地上的女人们，个个身上有异性的“男人气”。她们是历史与政治上的混合人。由环境、文化、生活和禀性，尤其是时代、国家和社会意识所赋予她们与生俱来的身体上的“男人气”，使她们承担着女人应该承担的一切：受孕、怀孕、生儿育女和一切家里的烦琐家务；但又必须在相当程度上，承担着男人的责任和义务，如播种、锄地、施肥、收割等。

在阎连科看来，“男外女内”这个数千年的妇女枷锁确实在1949年以后被彻底打破了。但打破之后，妇女此前所有肩上的负担并未从肩上卸下，反而把男人肩头的负担又转移很大一部分，成了“既里又外”“既女又男”多种角色了。

以母亲为例，阎连科说母亲一开始把“既里又外”“既女又男”辛苦劳作后获得的奖状贴到墙上，有一种自豪。后来又默默摘下来，说，不与男人争这个。

奖状不在了，一段历史的记忆模糊了，女性在其中的角色也褪色模糊了。

岁月让母亲从这个时代退了场，姐姐、嫂子、侄女们又被挟裹到新的时代里，开始了她们的人生和营生。当社会的重心从农村转到城市后，农民工拥进了城市的工厂、车间、工地、生产线上，妇女作为劳动者身上的“他性”却没有改变。前一个时代，她们的“他性”是被历史强行注入的；今天，市场、金钱和欲望，以无形之手和无形之力，让女性自己拿起第三性的历史注射器，朝自己身上注射和变异。阎连科在书中发问：是什么推动她们自觉自愿地自塑他性?

答案很简单，是钱是物是物欲。

中国的历史从来没有在乡村生活中脱过轨，也从来没有如高楼成为城市的物证一样突兀林立过。这就是中国的历史，里边有沉甸甸的“她们”史。

那天，深圳异常闷热。

一见面，他还是七年前的表情和语气，说，你们那么忙，还来……

浓浓的河南口音，你一下子脚踩住了大地。

离上次阎老师来南山书城为新书《炸裂志》发布做活动，已过去了七年。后来，我们在北京相聚过。后来，看到消息，他一次次获奖：卡夫卡文学奖，还有布克文学奖提名……后来，他又往返于北京人民大学和香港科技大学，担任教职。后来，我们在南京文学盛会上一起吃了简餐……

大侠说，深圳香港一河之隔，没事就过来走走。

阎老师笑了，笑容里你可以看到一种东西，似曾相识。

嗯，旱地里“先爷”守护的——年月日里的生命本色。

“怀胎”三十年的小说

> 如果仅仅易读好读，止庵又为何“怀胎”三十年？

（一）

长篇小说《受命》（人民文学出版社 2021 年）出版，宣告止庵由文化学者、书评家、随笔作家向小说家蜕变。

以我对止庵老师的了解，不管是学者还是小说家，对他都意义不大。他不会在乎头衔，他在乎的是，你对作品怎么看。

我应该算是较早跟《受命》接触的人。早在去年 12 月份，《受命》定稿之前，止庵请老友戴大洪提意见。当时，我、大侠和戴老师正在郑州一个日料餐厅吃饭，外边天寒地冻，冷风飕飕。戴老师接完电话，话题便转到这部还没有面世的作品上。他聊了上世纪八十年代的止庵，以及他们每周末到新华书店排队买书的读书生活。

那是一种波澜壮阔的日子，充满了理想主义。每周赴书店买书，是仪式，是约定，更是精神相会。历史的天空纯洁得只剩下书，了无杂质。由书结缘的友谊，因此天长地久，地老天荒。戴老师讲得兴起，我听得入神，眼前满是泛了书香的绮丽旧时光，尽管褪色，却意味无穷。

（二）

2021 年 2 月 7 日，我收到《受命》试读本。白皮黑字，止庵——著。

随后，人民文学出版社推出了正式出版物。

有人说，这是一部推理小说；有人说，这是一部爱情小说；有人说，这是一部年代小说；有人说，这是一部复仇的小说……

有人着眼他的技巧，有人在意他的语言，有人分析他书中所及的书，比如《史记》，或是贯穿全书的历史人物伍子胥。

一时，各说各话，言不能尽。

我则好奇止庵为它酝酿了三十年。

概括来说，小说以 1984 年春至 1986 年初的北京为背景。主干是主人翁陆冰锋为受迫害致死的父亲，寻找凶手，逐步锁定目标并付诸实践的复仇故事。支干是陆冰锋与祝叶生、芸芸的爱情曲折，以及弟弟铁锋、叶生哥哥大川等人的创业奋斗。

止庵是一个成熟的写作者，也是一个诚实的写作者。

他在北京生活了六十来年，冬天炉子，春天风沙，夏天蒲扇，秋天黄叶，风物种种，一清二楚。

医科专业毕业后他先后就职于医院、报社，上世纪九十年代下海试水企业，每个行当都做得风生水起，每个营生都赚得钵满盆盈。套用通俗句子，是个成功人士。

止庵又是爱书之人，当年便是王府井书店的常客。1986 年曾以十元“巨资”拿下卡尔维诺《意大利童话》精装本。那个时候他月工资五十六元，此番算是豪举。

生活的经历，构成了小说的影子，铺垫了上世纪八十年代北京人的底色。

（三）

如果仅仅如此，我们可以说，小说易读好读。

如果仅仅易读好读，止庵又为何“怀胎”三十年？

像陆冰锋找寻杀父凶手一样，我不甘心地开始找寻《受命》

的蛛丝马迹。

可以说，陆冰锋是有罪推断，将祝部长“坐实”为当年揭发检举父亲并最终导致父亲自杀的罪人。

事实上，祝部长也可能是最大的嫌疑人。止庵始终没有拿出证据，只是由着陆冰锋的自我猜想和推断，层层推进。

复仇贯穿了小说的始末。陆冰锋最后把握了机会，带上托人买来的刀，以及偷配的门钥匙，潜入病危之际的祝部长家。这一章便告结束，最后一章，时间已过了三十五年，物非人非。以弟弟陆铁锋之口，交代了各人的归宿。祝部长当然过世了，陆冰锋并没有入狱，他的初恋祝叶生远走他国，曾有交集的人皆已四散。

陆冰锋如愿以偿了吗？祝部长死得其所了吗？对这些，止庵故意留白。

翻到最后一页，我猛然发现，止庵把我们所有人都“骗”了。

所有的所有，都是他的道具。包括正在看书的我们。

他胸有块垒，藏了三十年，不吐不快。便决定以陆冰锋报仇为框，以祝部长为假想敌，以陆妈妈、贺叔叔、祝叶生、大川、二川、铁锋、芸芸等人为棋子，以我们一干读者为参演的群众演员，蓄势待发，为他所用。

这一切，只为了一个目的——寻“凶”。

（四）

“凶手”是谁？

止庵当然知道。

他在字里行间藏了密码，只等有心人去发现。

我们且翻到第 145 页——

“祝部长竟然连自己那一份责任都拒绝承认，这个人毫无悔意，甚至根本不愿面对那段历史。或许对他来说，被迫害致死的人根本就没有存在过。他已经成为一种代表——他因拒绝自己应负的责任而可以被认定为责任方的代表，找他复仇，就是找责任方复仇。他那种态度，确切地说，那些想法，比他本人还要可怕。”

非常清楚，“祝部长”代表的是一群人。他不认为自己有错，也不承认有人遭到迫害。一切都是虚无。所以他没有悔意，也不会有悔意。

这种指向性的表述，我们似曾相识。在阿伦特的《艾希曼在耶路撒冷》、珀西科的《纽伦堡大审判》，甚至到奥威尔的《1984》、巴别尔的《红色骑兵连》、米沃什的《被禁锢的头脑》、霍兰的《最后的手稿》、曼德施塔姆的《时代的喧嚣》、雅科夫列夫的《雾霭》，直至东欧的隐微文学、抽屉文学……我们都能看到熟悉的身影。像书中贺叔叔所说，祝部长和陆爸爸都是同一类人，不过祝先下手，所以陆成了牺牲品，反之，亦然。

不提及、不追究自己的那部分责任，可以视为一种“责任方”的欺骗行为，也可以视为是施之于记忆群体所有成员身上的一种暴力。服从安全需要而牺牲历史真实，向来是海妖之歌盛放的土壤。

所以，回到小说，“说到底，祝部长只是一个载体”。祝部长并不是一个具体的人，他可以是李国英吴国英张国英，或是其他。

由此，凶手不是人。

（五）

“真正的凶手是他的那些想法。”

想法，一个可怕的答案。

“如果他寿终正寝，或是毫无觉察地被杀死了，那些想法将毫发无损地更换一个载体继续活下去。”

止庵拿起口腔手术刀，刀刀凿了下去。

也就是说，宿主可以换、可以变、可以被消灭，但“凶手”如病毒般依旧顽强地存活着。

三十年前，甚至更早，止庵心里早已思考得极其明白。《受命》不过是他年过六十之后，兴之所至披上的一件小说外衣。

想起去年冬日料餐厅里，“审读员”戴大洪悠悠地说：“止庵写得好呵。”

平庸之“恶”面前，人人都是“在场者”。唯有思想和思考，才是抵制恶的最后一道防线。

如是，这部作品便不只易读好读，还有，值得读。

这一次，主角是小老板

在小说中，中国改革开放四十年来各个时期的重要节点，如特区建立、民企涌现、国企改制、下海经商、计生政策、高铁覆盖等，都在“有总”的家族变迁中留下印迹。鲁敏以小老板的命运观照整个改革开放四十年的发展。

鲁敏携长篇小说《金色河流》（译林出版社 2022 年）来深圳与读者分享，我正好被家里房子装修出状况搞得心情郁闷。

事情是这样的，装修到了最后阶段——定制家具安装时，被告知承办方小老板因故付不了款无法提货，书架、橱柜等木料便无法运抵。这意味着工期将被延长，后续的一切步骤被暂停被打乱。

当然，此时此处我只是小小的个案。放眼前后左右，这种情况并不少见，它关乎经济环境、制度运作、道德品德、契约精神、职业操守等复杂的外因内因。

只能说，运气不好，我悻悻地跟这个小老板骤然成了对立面。

巧的是，眼前鲁敏的《金色河流》，关注的就是小老板。

只不过，小说主人翁穆有衡（后称“有总”）是改革开放后的第一代民企小老板，即是我所遭遇的装修小老板的父辈。鲁敏以“有总”生命最后一年零八个月为切入口，回望、审视、清算这个小老板的一生。

跟所有发迹史相类似，“有总”当兵时结交的兄弟何吉祥因帮他意外死亡，临终前“托孤”，钱被“有总”挪用当“第一桶金”起家，从此小老板叱咤商海，一路高歌。

在小说中，中国改革开放四十年来各个时期的重要节点，如特区建立、民企涌现、国企改制、下海经商、计生政策、高铁覆盖等，都在“有总”的家族变迁中留下印迹。鲁敏以小老板的命运观照整个改革开放四十年的发展。

往小了说，这是一部关于小老板“造钱”的小说。往大了说，这是一部个人家族史，从中折射出心灵史、生活史、时代史，乃至社会发展史。

写同类题材的小说不少，反映改革开放社会变迁的作品更是多不胜数。令人诧异的是，“有总的经验世界和我自己的相差甚远”（鲁敏语）。

那鲁敏为何迎难而上挑战自我呢？

对这个并不熟悉的题材（或是说命题、议题），鲁敏要花比其他题材更多的时间和精力去做大量的功课。包括搜集大量的剪报，看大量的企业家传记回忆录，查阅近四十年的年代大事记，阅读大量的财经访谈、学术论著，观看相关的演出与展览、舞台剧本，反复琢磨创业者的家书、合同文本，此外还要普及昆曲知识，甚至了解自闭症研究方面的资料……如此感同身受，她才能写“有总”出去谈生意，怕西装这一身行头在公交车上挤坏了，于是把西装顶在头上，等到下车后再穿。才能写这代小老板喜欢看报纸，从各种公开政策里闻到商机，看到“全民健身”就想到做塑胶跑道；看到“推行绿化”就想到进货苗圃……后来“跑路的翻船的崩盘的多了，可同时呢，做捐赠做公益做文化的慈善与情怀故事也同样的多起来，热闹也神秘”（鲁敏语）。

这是鲁敏的第九部长篇小说，也是她截至目前体量最大的一部作品，有四十万字。

这里我们且抛开作者的小说笔法、文学意象、现实视野，不谈她充满意识流的内心独白、匠心独具的多声部叙事、首创具有纠错功能的橡皮擦拭方式，甚至也不提她的双线主题写作

（比如在确定谢老师的执笔人站位之后，对穆有衡及其儿女们，她舍弃了常见的全知全能叙事，而把小话筒分别安放在他们的领口，随着机位移动，采取限制性第三人称视角），这方面的评价交由专业的文学评论家们去解读。再说作品自推出后业界赞声频起，甚至有评论称，《金色河流》无疑再次确立长篇小说文体对民族史诗和时代文体的意义，鲜花、掌声多多。

这里，我们回归普通读者的角度，比如我，会自问，它打动我的是什么？或是问作者，你为何写这样一部作品？

鲁敏说，我关注大时代中的小老板。

小老板，也就是通常我们口中的“暴发户”，大部分人总与另类的标签或人生“污点”相伴，如投机、欺诈、作假、坑蒙、拐骗、唯利是图（这里只是泛泛而论，外延内涵都不够严谨和准确）……

鲁敏则说，从我接触到的小老板来说，那些不受肯定、不被了解，甚至被庸俗化和窄化的局面对他们是不公平的。

她的看法是，他们创造与积累财富的过程，很多也符合我们所能想到的正面词汇：勤劳、勇敢、聪明、节俭……近三四十年的物质变化其实和各行各业的物质创造密不可分。每一个基本层面的小老板都做着看似很小的事情，但从综合体量看，他们是整个社会物质进步的奠基者和推动者。

正因此，他们的故事不见得是文学习见的叙事，但他们也是人的一部分，是当代生活的一部分。作为人和时代构成的他们，也应该被书写。

于是，鲁敏把笔放到小老板的立场和角度，从中看待他们的所作所为，以及这些作为与社会发展的互动关系。“他们这一代人正成为时间里的背影，创造者们离去了，但留下了巨大的物质与财富，万流归一，汇入大江大海，泽被着子子孙孙，无穷匮也。作为一个间接的，其实也是直接的受惠者，作为此时此在、目力可达的同代人，我觉得应当写点什么，申张些什么，为所有这样的创造者及其所创造的。”（鲁敏语）

这是小说的“魂”，作品的根部，鲁敏的出发点。

正因此，书的封面，一条金色河流蜿蜒奔腾而过，正如小说里写道：“世事流动，每个人都是一条混浊深潜的河流，有着无法预测的小小航道，没法讲道理走逻辑的。这就是生活的奇妙与庄严，不容置喙，不容篡改。”它又是岁月之河、财富之河、时间之河、生命之河，神秘、庄重。人人无法躲避，也人人无法抗拒。

小说结尾以“有总”留下的馈赠作为生命的终章，它以包容的开放式，激活每个人心中潜在的善念，让所有人得以互相和解以及与己和解。故首届“凤凰文学奖”获奖评语如此写道：

对财富背后的人性裂变，鲁敏仍然在坚持讲述善的力量。

坦白讲，从理性的角度，我颇认同她的观点。没有这些小老板，就没有今天的经济发展。我们每个人都是从中的受益者。为活跃经济做出贡献的小老板立言立传，从他们的立场反观国家、社会四十多年来的高速发展，对作家而言是书写的使命，也是肩上的重任。鲁敏挑战了自我，也成全了自我。

从感性的角度，站在顾客（暂时受害者）的个体立场，我又不免挣扎和困惑。是呵，付了订金的那些书架和橱柜，到底流落哪里？后边该如何收场？

可惜，鲁敏和译林社的袁楠、陆志宙所带领的女将团队，只在深圳待了五个小时不到，我们匆匆吃了一顿简餐、做了一场活动，拍了一些合影，又匆匆挥手告别。这些故事，没来得及讲。对于一个对周遭有强烈好奇心、反应极快，又朴实直率得第一次见面就迸出一句“大侠老师真帅，有一对酒窝”，接着“如果不是姚老师在场，我会说更帅”的“小女生”作家来说，话完全没有聊开。

也好，一切待续，后会有期。

第八面

纁黄

8

再访“榗柿楼”

> 总之，她一直走在时间的前边，大家都报以同情之理解。

这是我们时隔七年第二次造访东总部胡同 34 号。

偌大的庭院，依旧绿色葱茏，枝叶茂盛。

记得 2013 年我和大侠、杨小洲来的时候，是夏末初秋，当时灰瓦砖铺设约一米见宽小径，一路向前伸展，两旁灌木蔓延上了土坡，高低起伏，各式乔木有的一人高低，有的蔓过二楼楼顶。记得扬之水老师曾在文章中写过：“扑面的翠色中最喜欢合欢与柿子，因命所居为‘榗柿楼’，即便后来两株合欢先后枯萎，也未易名。”

这次，扬之水说，变成菜园了。

据说邻居们热衷于种南瓜、黄瓜、冬瓜、茄子、西红柿、小白菜、西葫芦还有白薯。无化肥无农药，健康食品，自产自销，自给自足，一举好几得。

进了小楼，依旧是木楼梯，噔噔噔上了二楼，光线有点暗，下午三四点钟也要开灯才能照亮。进到二楼客厅，正对庭院，满眼亮绿。与几年前比，却有变化。当年迎面一张高台，上边摆放着爷爷的遗像（按儿子小航的说法），像前供着鲜果和点心。“家长”说，爷爷走后，常年就这么摆着。

当年小航似乎正谈恋爱，现在呢，高台的位置换成了一张上下铺木床，未及使用，上边堆满了书，成了书床。问为何？扬之水笑着说，原本给小孙子准备的，因孩子有小航的岳母带，便空出来了。

变化真大。依稀记得《〈读书〉十年》里的小航，只要爸爸一出差，没人照顾起居饮食，他就跟妈妈抱怨，咱俩过真没意思。有时候扬之水到作者家中取稿件或送书，主人留饭，她惦念着没有事先跟小航说好，也就只得婉拒了……

那个可爱的小航，如今是四岁多孩子的爸爸了。

我们带不了孩子，只能辛苦小航岳母了。扬之水一旁补充着。

旁边的“家长”附和，有次孙子来了，到处跑，他怕撞到桌角，时刻紧跟着。看了二十分钟，一身汗湿，气虚体弱，赶紧换奶奶看。

扬之水说，前几年“家长”做了手术，把脾都摘了，现在没脾气，人好得不得了。说罢呵呵乐。而她自己呢，也动了痔疮手术，虽说手术不大，但每天痛苦不堪，遭了罪，等于鬼门关走一回。

幸好，今年以来，两人身体已恢复良好。

本来大侠要邀请扬之水和“家长”到深圳讲学的，因扬之水阔别深圳几年，去一趟不易，他便多张罗了几个讲座，坪山图书馆、深圳博物馆和深圳图书馆几处，让深圳读者有多点机会现场聆听。扬之水不好意思地说，今年疫情，又刚动完手术，后边还要去江浙徽州一带，只得明年了。

她笑意盈盈，坦诚得让人不忍心再“逼迫”了。

这个明年复明年，是有掌故的。

2017 年，深圳设计师韩湛宁发起了一个“知美学堂”，与深圳图书馆合作，每月一期举办艺术类讲座，他希望邀请的第一个演讲嘉宾是扬之水老师，由我代为联络。记得当时联系志仁“家长”，传话是明年再说。到了“明年”的 2018 年，一直惦记的韩老师又委托我，我复联系“家长”，又说明年。我翻看当时的短信，扬之水的原话是“我真不敢安排，此前与我约的我都推到明年上半年，咱们就约明年下半年，好不好？一年的时间，比飞还快呵，今年一晃就过去一季度了”。那么，到了“明年”的今年，我和大侠借休假机会，登门拜访。扬之水说，明年。

这也就不奇怪了。总之，她一直走在时间的前边，大家都报以同情之理解。

不知怎么就谈起私人博物馆里的器物，扬之水摇摇头，不主张多建立此类博物馆。里边所藏的器物无法注明出处，会让人怀疑其合法来历，甚至溯源到其真伪。

不免想起有一年我们到甘肃张掖，李辉老师请马未都先生做客河西讲堂。听闻马先生到场，酒店底下守着多位收藏人士，纷纷拎着家藏古董请他鉴宝。马未都当时面露难色，非常被动。等到吃饭时，他对我们说，怎么讲呢？说是假的会让人不高兴，甚至令夫妻反目；说是真的，又违背良知。

这也是扬之水对私人博物馆起警惕心的缘故。如果到现场看了实物，能说什么呢？

聊着书，扬之水拿出一些集子，是出版社的书芯，由其他机构用真皮或皮革重新装帧，附加烫金、压条、编号诸多工艺，做成精良的工艺品，高价市面流通。她问大侠意见。大侠从内页的图文排版，到书封材质的设计、颜色的选择、书脊的样式，一一分析。扬之水听后似有所启发，又拿出一本她写金瓶梅的台版作品，很懊恼书封的图案，说，搞得像本淫书。

大伙哈哈大笑，封面图搔首弄姿，确实与扬之水的学术研究严重不符，但书要在市场存活，也怪不得书商想尽各种招数了。

大侠盯着书中的图像赞叹，这些图片制作精良，纤毫毕现，高像素显示呵。扬之水回头看了一眼“家长”，得意地说，老李是干嘛的。

“家长”要拿月饼招待我们，说是深圳唐宫的。唐宫是深圳一家海鲜老字号，我们从深圳来，就不让打开了。记得上次来，扬之水和“家长”留饭，他俩领着我们，骑车往长安街对面一家海鲜酒店，说我们来自广东，得吃粤菜。那一桌，点了虾鱼各种时鲜。“家长”忙前忙后，不得消停，最后还掏腰包埋单。

谈起往事，扬之水朝着我，你也会骑车？语气里不大相信。

会的，只是需要连跑几小步，借冲劲蹬上车。再一路提防障碍物。停车还需急刹跳下。我如实回答，总之，骑法不甚雅观。

话题一转，扬之水说，中午梁基永来。

嗯，知道他居住广州。有一年我们在香港为董先生祝寿，他也在场。

沙发前的桌面上，堆满了书。有趣的是，几摞书下，压着扇面，意在压平，以便写上小楷。大侠好奇这种压法。“家长”说，这是土办法，梁基永教用熨斗烫平。

扬之水犯难，咱家可没有熨斗。

“家长”一笑，手指向同住的亲戚家，他们有。又问我，是不是熨斗上有一挡是丝绸？

对的，我心里有点好笑。

他们一脸坦然，真的没有用过。衣服一穿就平整了，不需要熨呵。

大侠对此外行，却以内行凑热闹，说，实在太皱了，也可以过一过水晾平。

四个不懂家务的人，互相献计献策。

因晚上要赴沈公的宴，我们只得告辞。扬之水说，26 日他们要与沈公一聚。

“他们”指的是《读书》几个人，给沈公过生日呢。

下楼，院子里阳光很好，照着满庭黄绿相映。我与扬之水照相合影，她笑着比画说，到处是蚊子。自己挥舞着手，又侧身往我腿上啪的一击，哇，我低头看，裙子外露着的腿上已吸附着几只黑色小点。

“家长”说他在这里已住了七十年。想起前两年扬之水写的《幻园后传》，“前传”里的赵尔丰后人赵守俨先生他们，曾入住于这幢 1905 年德国工程师建造的小楼房，“下临无地，一片花海”，他料想搬走后会被夷为平地。哪知 1950 年一岁多的志仁“家长”随父母亲从承德迁入，交通部用三千匹布买下了此处所在，此后楼下住客几度更迭，只剩楼上李家坚守。如今一派果蔬茂密，生生不息。“幻园”之后的“楷柿楼”，愈发浓浓韵味了。

（注：文章写于 2020 年）

须臾不离　琴瑟和谐

须臾不离。这句话是赵老师微信里发我的。意思是有事找“家长”，就能找到她。他俩一刻没有分开过。

赴北京之前，与赵老师（扬之水）约见。她说，正好“家长”（赵老师的先生李志仁）写了一本书，可以送你们。

便好生期待。

书终于拿到手里，褐黄色纸面精装，上着墨字“七十忆旧”，副标题为“和父母在一起的日子”，作者李志仁。

没有书名页，没有书号，没有责任编辑，没有出版社，没有定价。

赵老师说，嘿嘿，非卖品。

大侠好奇地想猜出品方，赵老师连忙制止，笑着打岔，你猜不到的。

那就不猜了。

这是亲朋好友级的馈赠礼物，非常珍贵。

“家长”补充说明：自己退休多年，手懒，老伴常劝他写父母亲的过往，但他一直没有下决心。年到七十，记忆日渐淡化，便想着把自己与父母生活的点滴记录一下，保存下来。

书分“生活中的平常与不平常”“十年浩劫”“金色的晚秋”三个部分。小家庭与大时代，大事件与小情感，张弛有度，收放自如。每章篇幅不长，却言简意赅，回味深长。

书后附有“旧影录”，有“我”“妻子”“我们一家”，与其说老照片见证历史，不如说旧时光因了影像复活在眼前。大侠指着赵老师童年、青年和中年时代的照片，惊呼，完全是个小姑娘。“家长”您当年是拐卖儿童，骗婚嘛。

赵老师的照片在书中是第一次公开面世，青春年少，英气十足。黑又亮的大眼睛，镶嵌在苹果般的圆脸蛋上，忽闪忽闪，健康得可以拧出水来。

我记得《〈读书〉十年》里有她的“金花”照，正是那一脸喜相，一手娟秀的小楷，一脑门饱读诗书的识见，被张中行、徐梵澄、谷林、金克木、邓云乡、金性尧、王世襄、冯至一大批老先生另眼相待，郑重夸奖，纷纷结下深厚的友谊。谷林先生写给扬之水信件，从1990年至2008年18年间一共156封。信中各种抬头：远公、水公、于公、远兄、飞兄、水兄足下、丽兄、雅兄、丽雅道兄、丽雅如弟、丽雅大妹、谷风大妹、亲爱的老朋友……可以看到他们“熟不拘礼”，称兄道弟。徐梵澄先生每当赵老师造访后辞别，总要送到门口，一再叮嘱：“要常来才好，我感觉很空虚。”他原本不给别人看原稿，但对赵老师却是例外，“这是妹妹要看，没有办法”。金性尧先生更视她为文章知己，不吝笔墨地谈及两人的共同点：“我们的文章，也可以说毫无意义，但有才气这一点是明显的……厌凡庸，厌头巾，厌婆子嚼舌。”

“美”“雅”“秀”都不足以形容赵老师。当年被“家长”领着见李家家长，一家之主的“家长”母亲对赵老师下了一句评语：这孩子讨人喜欢。

一语定乾坤。

四十年前，也就是上世纪七十年代，他们因书结缘，从此情牵一生。

据“家长”书中透露，1974年，他回城，干活时碰到一个小姑娘，“两只大眼睛炯炯有神，脸蛋儿白里透粉”，眼前一亮，留下了深刻印象。小姑娘干活之余，不爱说话，在角落里静静地看《新华字典》。他看她爱书，就从书上入手。回家陆陆续续拿了《拖拉机站站长和总农艺师》《老残游记》《镜花缘》《叶尔绍夫兄弟》等书借给她，最后没存货可借了，把《文史资料》也献上。经过一年借书还书打底，两人的感情在通信中取得可喜的进步。

在“家长”看来，当时的赵老师在单位人品好、勤快、工作不惜力，是党员，父母也是革命干部。而他自己属条件不好的一方。但困难与机会并存，他迎难而上。岳父在关键时刻起了作用，两人确定了恋爱关系。国家恢复高考后，“家长”考上了大学，赵老师虽成绩过了分数线，却因超龄错失求学机会。于是两人便走进了婚姻殿堂。哪知第二年学校又放宽条件补招，但此时赵老师已经怀孕，不可能再圆大学之梦。“家长”在书中写道：“当时她一路哭着回家。”那份委屈，让“家长”记住了一辈子。

“家长”说：“婚后多年，这件事一直提醒我，鞭策着我，不要忘了‘将功补过’。”

“家长”是一言九鼎的人，说到做到。

在《〈读书〉十年》里，我们几乎可以天天看到“家长”的身影——与“志仁一道”，或是“搭志仁的车”。

上世纪八十年代，国家经济还算匮乏的时候，“家长”就职于某经贸单位，经常出差谈判做生意，经济条件在同龄人中当属上乘。他不但陪着赵老师买了很多书，还买了很多影碟和音乐碟，看了很多场电影，日子过得浪漫又温馨。

赵老师流水账般地记录了每次买书的书名和数量。“在文物出版社购得《明式家具珍赏》（120 元），为购这一册书，与志仁不知磨过多少次嘴皮子。”这该是 1987 年的事，当时的 120 元的确是大数目。磨破嘴皮子，最后得逞。

详细记录的还有：“5 月 10 日，在北兵马司礼堂看美国影片《斯巴达克思》。6 月 24 日，往首都影院看美国立体声片《茶花女》。8 月 18 日，在电影资料馆看法国影片《梅亚林》。10 月 3 日，往经委礼堂看波兰影片《紧急出路》。10 月 9 日，在电影资料馆看美国影片《屏开雀选》……12 月 8 日，在大华连看两场：《玛丽亚・布劳恩的婚事》《莉莉・玛莲》。12 月 14 日，往大华看《弗里德里希》。”再看：“1989 年 2 月 4 日，下午与志仁相约在音像商店见面，购得唱片若干。2 月 5 日，与志仁一起在王府井外文书店购得唱片若干。3 月 18 日，志仁陪我往协和医院，后往灯市口唱片商店购唱片若干……”

1987 年“家长”从香港回来，为赵老师订购了一台彩电、一台音响，又给她买了三套半衣裙和六套邮票。“本来还买了一盒香港点心的，遗憾的是在换汽车时丢失了。”

放今天，绝对是当众撒狗粮，羡煞一干痴情男女。

有意思的是，赵老师在《读书》杂志当编辑期间，与众多老先生打交道。“家长”除了做好服务工作外，有时难免“疑惑”。看赵老师 1991 年 6 月 7 日日记：“月前先生（徐梵澄）曾有信来，云家中备有蛋糕，虽不甚佳，但尚可食。因匆匆登程，未及前往。当日已悟到此蛋糕非彼蛋糕，或另有所指。归来，志仁问起：社科院宗教所可有什么人邀请你去吃蛋糕？言下颇有疑色。今日先生乃道：前番蛋糕云云，是否会得其意？是我的几篇旧作，又不便明说，现请你拿去看看，能否用。”

感谢这份事无巨细的全记录，留下了两人情感见证的极其宝贵的文献资料。

须臾不离。这句话是赵老师微信里发我的。意思是有事找“家长”，就能找到她。他俩一刻没有分开过。

其实赵老师不说，天下人都知道。

自从我第一次见赵老师起，她与“家长”总是成双成对，不曾走散。

单我记录在案，有迹可查的就有几例：2005 年扬之水应邀赴深圳读书月首场论坛，讲古人饮食，“家长”护驾。2012 年秋天，扬之水应邀到深圳关山月美术馆举办讲座，会后，读者排队签名，场面拥挤。“家长”笃立身边，掀着书页，以便她下笔题签，两人配合默契。2012 年冬，北京，与世纪文景施宏俊老总一行饭聚。扬之水戴一顶“耐克”小绒帽，说，“家长”买的，一人一顶。2015 年扬之水应深圳博物馆之邀做讲座，谈宋代的花瓶、茶事。“家长”陪伴左右。现在尚书吧还存有大量照片为证……

2014 年我的第一本小书《书人 · 书事》中写道：“在深圳，在北京，在全国各地，只要有扬之水的踪迹，就必定有‘家长’陪伴的身影。”

如果说，以前赵老师出门，“家长”处处守候着；现在，“家长”出门，赵老师必定紧跟着。为何？赵老师说，怕他走丢了呵，怕他摔了呵。

“家长”不甘示弱，顶了回来：“关键是我上车后，人家总给她让座。”

赵老师佯装生气，附和着：“真是，我还比他小好几岁呢。”

一转眼，“家长”竟然七十有二了。

请“家长”签名，“家长”调皮地问赵老师，怎么写？

赵老师说，就写雪呆子。

大侠抗议，怎能没有我？

赵老师说，加上大侠。

我说，雪呆子 OK 先生。

这是当年我们在天涯“闲闲书话”的 ID。年少的小航是资深潜水员，正是他向妈妈报告论坛里的风云变幻。所以，等到我们见面时，赵老师对 OK 先生对雪呆子是熟之又熟了。问小航的 ID，赵老师笑而不答。

干脆写“小姚大侠”，正好一大一小。赵老师给“家长”出主意。

“家长”又调皮地问，小姚大侠贤伉俪？伉怎么写？是火字边吗？

赵老师脸露无奈，手比画着。然后考我，南方人知道火字边的炕吗？

当然。北方冬天取暖的石床。我脱口而出，庆幸不是《诗经》里的典，没有被考倒。

“家长”又问，俪是哪个字？

大家都笑了。他倒是一脸无辜。

眼前他们俩，一唱一和。

翻开《七十忆旧》，照片说明写着：琴瑟和谐。

此心安处

> 而再学术的著作，到了扬之水的笔下，都会回到《读书》的传统里，直白、洗练、接地气。尽管她也强调，文学在“物”这里，仅仅是背景。

眼前这一套皇皇巨制——五卷本的《中国金银器》（生活·读书·新知三联书店 2022 年）新鲜面世。近百万字，达两千页，约四千件金银器作；时间跨度自商代至清代，囊括先秦两汉魏晋南北朝、隋唐五代辽、两宋金元、明、清各个时期具有代表性的金银器文物，“它们就在那里，只等我叫出名字”（扬之水语）。

这浓缩了两千多年的“宝物”结集，分明沉甸甸，时间在它面前，黯然失色，不堪一击。

坦白讲，当扬之水老师把书封发来，告诉我，“二十天后可见书，三联生活书店出版”时，我期待的心情，就像迎接一场盛事。接着，书上市，朋友圈以晒为乐，以稀为贵。接着，三联生活书店连续举办了多场线上沙龙，前三场分别是扬之水与赵冬梅、黄正建、傅谨诸位老师的对谈，我在直播间里听水师娓娓道来，古代社会生活中的金银器一件件自远古走来，见天日、焕新颜。就像她所说，历史研究、文学研究可以利用文本讲出有声有色的故事，她对“物”的认知，也处处有故事。

在这些器物身上，我们看到一位文化根底深厚、知识面宽泛、记忆力强盛、感知力敏锐、逻辑性谨严的学者，几十年如一日，执着执着再执着。

而再学术的著作，到了扬之水的笔下，都会回到《读书》的传统里，直白、洗练、接地气。尽管她也强调，文学在“物”这里，仅仅是背景。

她的作品，几乎无一例外不是让人看了再看，常读常新。比如《诗经别裁》《先秦诗文史》《〈读书〉十年》，又比如《棔柿楼集》《定名与相知：博物馆参观记》《物色：金瓶梅读“物”记》《古诗文名物新证》《终朝采蓝：古名物寻微》……

五卷本施施然来到眼前时，你可能会被“惊”到——各卷分别采用五行代表色，护封采用触感纸，表面烫印该卷代表性器物纹样。函套采用定县汉墓伞盖杠箍上的凤鸟衔珠图案。

只能说，爱不忍释。是的，简直挑不出毛病。手翻书页，都会担心“碰坏”了里边的“金银器”。书中的文与图，处处相得益彰。故扬之水说，这些图像显示了名物研究为历史研究提供细节的可能，它们绝不是插图。

这些年来，扬之水从事名物研究，以我浅识陋见，她至少恪守四条原则：

一、努力使“物”返回历史现场。名物研究直面的“物”，当它成为研究对象的时候已经与人脱离，也与它的生存环境脱离。所以，扬之水要做的便是解决此物在被设计、被制作、被消费的时候，叫什么名字，如何使用；此外，它的造型来源、纹饰来源可能是什么。她有一句特别掏心窝的话：“我和‘物’的相遇，是彼此之幸：我在与‘物’的相遇中，看见了古人，解得了古事；‘物’在与我的相遇中，被叫出了名字，道出了身世。”

早在2015年，扬之水曾应邀到深圳博物馆做讲座，记得当时她的PPT结尾是“我思古人，实获我心”。后来我有感而发，写了一篇文章，标题是《物的解放者》。其中一段是“这些古时的地下之物，如不细心挖掘、梳理、整合、对照、还原、制作、讲解和传播，便静静地躺在文物专著或是博物馆里，少见天日，更不要说普惠大众。幸好有她，这些年一直潜心于实地走访，具物考察，考据研判，解密档案，比对物与诗，以个人的视角细致密集地展现在我们面前。她并不高举什么旗帜，只是讲座，关于名物，关于诗经，关于先秦诗文……这次到深圳所讲的，是‘宋人风雅’。说她是‘物的解放者’，把古代的‘物’一件件解放给今人识晓，为文化传承的身体力行的行动者，做的是承上启下造福后代的大工程”。

扬之水以“思古人”告白，这就不难理解二十多年来她发心倾心潜心醉心于古“物”的“活”现中。于她，这本身是一种使命，是她辛苦的初衷，投入的理由，义无反顾、砥砺前行的精神支撑。

二、努力引证有据、名实相符。都说出土文物本身既沉默又无言，它们无法道明自己的“身世”。所以，扬之水需要奔走于各地博物馆、考古遗址以及各种特展，亲见目验，仔细观摩，又回到古籍文献中多方求证，方可一一溯源正本，鉴明正身。《中国金银器》中，所引用的经、史、诗、词、别集、笔记、小说等文献，多不胜数，就连正文下方的注，也密密麻麻。

看着书，我不时停住，思绪万千：这项工程太艰巨了，不单需要学识，还需要眼识，更需要智识，唯有扬之水可以胜任，她是当之无愧的不二人选。

三、努力致力于“物”与“文”两类语言的解读。具体而言，这一部金银器史，是建立在艺术语汇发生与演变的观察和分析之上。扬之水说，她旨在呈现两类语言，一是物，即用造型和纹饰表达自身的艺术语言；一是文，即人对物的命名，此中包括了对物之本身和物所承载的意念之理解。对这两类语言的解读，便是这套书最基础、最直接的表达方式。

我们可以从书中拿一个例子来看，如“金缕百事吉结子”，它出土于杭州临安杨岭宋墓。扬之水写道——

> 南宋都城，以同心结为基础的花结又发展出新样，名曰百事吉结子。吴自牧《梦粱录》卷六记十二月行事，道临近岁旦的时候，“席铺百货，画门神桃符，迎春牌儿”，“医士亦馈屠苏袋，以五色线结成四金鱼同心结子或百事吉结子，并以诸品汤剂，送与主顾宅第，受之悬于额上，以辟邪气。街市扑买锡打春旛胜、百事吉斛儿，以备元旦悬于门首，为新岁吉兆”。“百事吉”源出秦汉占卜家语，后世逐渐演变为吉语，且由此生出各种表达吉兆的祝颂方式。

信息密集，知识点多，区区一两百字，将出处、实证、掌故、观点交代得极其清楚。这种深入浅出的文风，我先在知堂老人的作品里，后在钟叔河先生的文章里，窥见一二，受教不浅。

贯穿《中国金银器》全书的，多有新见、新知、新识，我们不妨将其当作教科书，慢慢翻阅，细细品读。

四、努力究心于造型与工艺，让器物回归日常。书里边重点囊括了器皿与首饰，着眼于造型与纹饰，因此扬之水的关注点更侧重于美术和工艺、审美与生活的关系。套用她的话说，希望用“物”的解读求取当日设计者和制作者的思路，贴近他们造物时的感觉，还原他们眼中的实景。因此审视研究对象之际，想到的首先是它的设计者和制作者，然后是它的使用者和欣赏者。

新书发布的现场，扬之水胸前佩戴了一枚胸饰“金心玉虫”，很是醒目。在书中她将宋代的“心字金簪”做了研究。而首饰设计师张凡在随扬之水的观摩和阅读中摸索出“玉虫”的工艺和材质要领，两人共同合作设计推出了这一款胸饰。复古开发，今人撷英，是让古物重焕生命力并延续发展的最好方式。从这一点上看，扬之水具有超前的审美能力和身体力行的决策力和行动力。

书名为《中国金银器》，扬之水始终关注“一器一物”的发展演变，如一锅锅水置炉上烧，中间不断添柴加火，直至水陆续沸腾出锅。无数“个物”史，终汇流成一部通史，完成了我国第一部古代金银器通史。

扬之水习惯隐身于幕后，连书名的“史”字，也坚持拿下，仅以“物”见史。开卷书院刚出品的《此心安处：扬之水子聪合写小品》，二十二件作品中，扬之水小楷微书，“风流心眼”“忍教孤负”“风月俱闲”“一晌留情”“且以永日”……惜字如金，眉目清净，阅者欢喜。

低调内敛，一向是扬之水为人为文的风格。可在极严峻冷静的名物研究中，极简洁凝练的作品中，乃至极似无确有的楷书中，沉淀饱含着她对世间万物的大爱；这种强烈的情感构成了她作品所特有的美学品格，其精神、境界和理念，又令作品具有强大和持久的感染力。

近年佳著频出，声名远播，扬之水自微微一笑，始终一副举重若轻的自在。“此心安处”，这一句元词于她是最合适不过了。

文字的和情意的好

一转眼，谷林先生已去世十一年，扬之水在前言中说，这本《爱书来》的书简，要紧的不是保存了什么史料，而是“有着文字的和情意的好”。
她写得极为平缓，我却读出了她心中的波澜起伏。

2020 年 1 月上海译文出版社推出《爱书来：扬之水存谷林信札》（后简称《爱书来》），纪念谷林先生百年诞辰。

谷林先生生于 1919 年，到 2019 年正好百年。

书选入谷林先生写给扬之水的信件，从 1990 年至 2008 年 18 年间一共 156 封。收入扬之水致谷林先生信，38 封。谷林先生与扬之水相差 35 岁，整整一代人。通信内容多半是关于稿约，文章校样，所读的书，以及近况，与友朋的来往，等等，中心议题无非一个“书”字。

在谷林先生的信中，你会看到各种抬头：远公、水公、于公、远兄、飞兄、水兄足下、丽兄、雅兄、丽雅道兄、丽雅如弟、丽雅大妹、谷风大妹、亲爱的老朋友等等，谷林先生笔下的扬之水，有多个称谓。他们“熟不拘礼”，称兄道弟。据谷林先生信中写道，称兄，是抄鲁迅的，见《两地书》。道弟，是抄范用的，见《随笔》。

不管哪种称呼，信中的主人翁小友永远那么可人、灵动，充满书卷气，是位奇女子。

其实像谷林先生这么看待扬之水的，大有人在。1986 年至 1996 年扬之水担任《读书》杂志编辑期间，就与金克木、张中行、徐梵澄、唐振常、邓云乡、金性尧、王世襄等多位老先生多相往还，她师从众师，与他们结下了深厚的友谊。张中行先生曾写著名文章《赵丽雅》，收入《负暄三话》，“传远信众”。徐梵澄先生视扬之水为“比好朋友还好”的朋友。孙机先生对扬之水在社科院文学所评上研究员，并担任研究室主任，评论说“天道酬勤，大邮轮就适合停泊在深水港里”。

类似的赞誉还有很多很多。

我们总开玩笑说扬之水老师是万人迷，老少通“吃”。不单当得起“素以为绚”，还能够写一手“马湘兰风格的闺秀小楷”（张中行语），男女老少都喜欢她。拿我来说，自从 2000 年初与扬之水老师接上线头，至今近二十年，她出版的每一本书，我都心心念念，见书如晤，比如这一本《爱书来》。

信中，多处谈及文章写作，谷林先生给了扬之水一个宝贵的建议，即多近胡适而稍远钱锺书。

这里举几封信的内容略作说明——

1995年扬之水的《脂麻通鉴》出版，书送给谷林先生，谷林先生回信说："我陆续读《脂麻通鉴》时，对其中一两篇，读时曾引起过一点闪念：写书话，是不是宜把视线收紧些？引例最好'攻其一点，不及其余'，因为不是写导读，或曰学术性的评论，随笔小品拿一本书来做引子，这是借他人酒杯，触发自己的郁结；引例一多，放心难收，不免'缺少景深'。"

对书中专门习语过多，谷林先生在另一封信中提出建议，说："你谈服饰文章，专门习语自然更多，这可能冲减可读性。"

1996年5月，谷林先生举葛剑雄论述北魏孝文帝的文章为例，在信中说："读葛剑雄论述北魏孝文帝一文，齿颊沁芳。……安迪曾来信说，宋远兄所作《诗经》考证，拜读一篇，生字太多，自愧学养太浅，佩服却无所得益。"

他接着说："……来一远客文先国，他跟我谈《脂麻通鉴》，说上半部不易读，而极赞下半部。此评则颇出意外。说诗能否避开生字？大约很难。但读胡适的哲学史，却又像不难。如请文先国读葛剑雄论拓跋宏之作，他会不会说难？这也不得而知。但我以为多半是葛作较易读。故还想重说一遍前议，愿兄多近胡适而稍远钱锺书也。”

谷林先生为何这么说呢，是因为这段时间扬之水也在读钱锺书先生的作品，他俩对此有过探讨。早在钱锺书的《槐聚诗存》出版后，扬之水就买了三本，一本送谷林先生。她写信给谷林先生，说：“……到手后只匆匆一翻，恰好翻到某叶某诗，诗前小序颇可观，极尽掉书袋之能事，诗却似乎并无深意与厚味——也许是我没读懂。前言结末的几句话，读起来觉得有骂世的意思——大概也是我没读懂，嘲讽世人未免太过。而近年的钱学研究，也的确是学问上鲜有建树，趋奉则过之。”

但谷林先生还是劝扬之水“多近胡适而稍远钱锺书”，这个建议在他的多封信中可以看到。在《爱书来》的第 204 页处，有一封没有年份只标时间四月二十九日的信，写道：“兄所作非复随笔游记，而是考证明物制度，务必坚守丁是丁，卯是卯也。我于二十年前调工作，曾想从头钻五经，用志不专，因循至今，无能为力矣。此文亦只草草看过，有负厚爱。私心窃愿兄暂置《谈艺录》《管锥编》，而与胡适学术著作相共晨夕，先在辞句上下功夫，力追其流畅条达，使老夫老妪，都解经义。”

谷林先生提出建议是希望扬之水好上加好，而他内心对扬之水的学养、勤奋和成绩则高度认可，比如信中写道：“令我钦佩的是你涉猎的广泛，而敏悟捷笔，益以勤奋，真当说前途不可限量。”

2005年山东画报出版社要出版扬之水、止庵、沈胜衣三人与谷林先生的通信信札《书简三叠》，扬之水翻检信件时，颇为感慨。她说：“十几年的交往也一页一页展开来，不记得先生竟说过许多深情或曰相知的话，有好几次眼泪都要流出来了。当然这些令人动容的信多半不曾入选。”

三年后，2008年10月11日扬之水收到谷林先生的信，信中写道“昔贤有云，‘生老病死，时至即行’，此之谓安命”，此为最后一封。

2009年1月谷林先生去世。享年八十九岁。闻讯后扬之水回读信件，悲痛地写下：“此际读来竟像是平静的诀别。”

一转眼，谷林先生已去世十一年，扬之水在前言中说，这本《爱书来》的书简，要紧的不是保存了什么史料，而是“有着文字的和情意的好”。

她写得极为平缓，我却读出了她心中的波澜起伏。

后记

几点说明：

1. 此为书人系列第八本（后称“小八”），循前例将书之序号放进书名，所收文章皆写自四面八方的书及其书人，故称《书风八面》。

2. 书分八个面向，即八个系列。每一面的文章有一个相对集中的主题。如解密性质的书与人；与书店相关的人与事；亦师亦友的书人素描；因人及书或因书及人的书话；历史学家、历史书与历史观。第八面是扬之水老师专题，共有四篇，一篇是登门访问记，一篇是扬之水和李志仁伉俪情深记述，另两篇是扬之水新书书评。因场景不同，有的文章称赵（丽雅）老师，有的称扬之水先生，称谓在书中不刻意达成统一。

3. 同一作者涉及多篇文章的，此书中聚拢一处重新集纳，以单篇目面呈现，如李泽厚、阎连科。专题除外。

4. 写作体例延续之前书人系列，即“姚言书事”体，有白描有杂想，有抒怀有评判。所谓读文即读人，写人即写己。

5. 八面共附有八种颜色，它们都是我所注目的中国传统色，如绿沉、玄天、翠涛、月白、缥黄、欧碧、天缥、窃丹。文章所写的都是我印象深刻或兴趣浓烈的人与书，故将二者联系一起。安放随性，没有由头，纯属喜欢。

6.《书风八面》请韦力老师赐序，貌似调侃却暖意十足的文字，是对我这本小书的助力，也是对我继续书写的鼓励。

7. 书名由前中华书局总编辑徐俊老师题写，容斋味道的淡泊令书风轻拂，微香沉静。

8.《书风八面》落户译林，是“小八”的荣幸。成为译林的作者，是我的梦想。

9. 需作说明的是，书人系列第七辑《书人有七》将由生活·读书·新知三联书店出品。

10. 时隔四五年，书人系列再出发，愿不辜负一路陪伴的读者，所有的不离不弃，是小书走到现在的最好注脚，唯有感谢再感谢。